GYP

La bonne fortune de Toto

ROMAN

PARIS

ERNEST FLAMMARION, ÉDITEUR

26, Rue Racine, 26

DERNIÈRES PUBLICATIONS, DANS LA MÊME COLLECTION

La bonne fortune
de Toto

OUVRAGES DU MÊME AUTEUR

Chez le même éditeur :

UN MARIAGE CHIC, roman.
UN MÉNAGE DERNIER CRI, roman.
LA BASSINOIRE, roman.
LE GRAND COUP, roman.
CES BONS NORMANDS !... roman.
MON AMI PIERROT, conte bleu.
ELLES ET LUI !
EUX ET ELLE !
MADEMOISELLE LOULOU, roman.
UN RATÉ, roman.
LE MONDE A COTÉ, roman.
CEUX QUI S'EN F......
LA GINGUETTE, roman.
L'AMOUREUX DE LINE, roman.
LA CHASSE DE BLANCHE.
L'AGE DU TOC, roman.
CLOCLO, roman.
LES FROUSSARDS, roman.
JACQUETTE ET ZOUZOU, roman.
LE FRIQUET, roman.
LES CAYENNE DE RIO, roman.
ISRAEL.
LES FEMMES DU COLONEL.

GYP

—

La bonne fortune
de Toto

ROMAN

PARIS
ERNEST FLAMMARION, ÉDITEUR
26, RUE RACINE, 26

—

A Madame

ANDRÉ PETIT-GIRARD,

son ami,

GYP

La bonne fortune de Toto

LE CHOIX D'UNE CARRIÈRE

Boulevard Malesherbes.

Un salon cossu et inélégant. Le style Napoléon III dans toute sa hideur. Fauteuils et poufs capitonnés. Sur un chevalet, drapé d'un cachemire de l'Inde, un tableau de Bouguereau. Le tableau représente un petit garçon et une petite fille qui regardent un nid. Ils ont la tête énorme et les pieds nus. Sur la pendule, un Bélisaire en bronze tend son casque d'un air piteux. Aux murs d'affreux portraits sincères. Pas de fleurs.

MONSIEUR DUBREUIL, MADAME DUBREUIL,

et LA MÈRE DE MADAME DUBREUIL. Autrement dit : PAPA, MAMAN et BONNE-MAMAN.
*Des bons bourgeois tourangeaux hono-
rables et riches.*

ANATOLE, *plus connu sous le nom de*
TOTO, *et* CHRISTINE, *plus connue sous le
nom de* TITINE, *descendants de ces bons
bourgeois.*

LE COUSIN FRANÇOIS, *neveu de Bonne-Maman et cousin germain de Maman.*

PAPA, *soixante ans. Tout rond. Une
bonne grosse tête sympathique. Brave
homme. « Bien pensant. » L'esprit étroit,
mais le cœur excellent. Un peu vaniteux,
un peu gobeur. Ménage la chèvre et le chou.
A le respect, poussé jusqu'au fanatisme, de
tout ce qui, à un degré quelconque, représente ce qu'il appelle avec emphase : « l'Autorité » (avec un grand A.) Fait parfois des
rêves de grandeur. Pour l'instant, il ar-
pente le salon comme un ours en cage, et
finit par s'arrêter, un peu nerveux et congestionné, devant Toto.* — Oui !... C'est

fini !... J'en ai assez de toutes tes tergiver-
sations !... Tu vas prendre un parti... le
prendre immédiatement... Tu m'entends?...

TOTO. *Dix-huit ans. Beaucoup plus affiné
et moins sympathique que son père. Plutôt
frêle. Un visage insignifiant. Très bien
coiffé et habillé. Aucune personnalité. (Il
écoute, vautré dans une bergère, et répond
avec mollesse, comme si l'effort d'articuler
le fatiguait.)* — Oui, P'pa !...

PAPA. — Alors, réponds ?...

TOTO. — Mon Dieu, P'pa... tu me per-
mettras bien de réfléchir un instant ?...

PAPA. — Depuis le commencement des
vacances, tu as réfléchi... ou soi-disant...
En réalité, tu ne penses qu'à rigoler... pour
parler comme toi...

TOTO, *mollement.* — Mais pas du tout!...

BONNE-MAMAN, *soixante-dix ans. Une
charmante vieille toute blanche, avec des
yeux bleus rieurs. Pleine de bon sens et de
belle humeur.* — Quant à ça, mon petit,
ton papa a joliment raison !...

TOTO, *toujours vautré...* — ... 'Tureilement !... Ça m'aurait étonné si vous vous étiez pas mis ensemble pour me ficher un poil... Pas d'veine !... Y a peut-être dans l'monde qu'un gendre et une belle-mère qui soient toujours d'accord, et faut qu'ça tombe juste sur moi !...

PAPA. — Tais-toi !... Et réponds à ma question ?...

TOTO. — Que j' réponde en m'taisant... Ça va pas être commode !...

PAPA, *de plus en plus congestionné.* — Tu as dit que tu choisirais une carrière dès que nous serions rentrés à Paris... **Nous sommes rentrés depuis huit jours... Décide-toi ?...**

MAMAN, *quarante-sept ans. Maigre. Très bonne. Peu d'esprit et beaucoup d'illusions. En admiration devant son fils qu'elle juge très supérieur à la précédente génération.* — Qu'il se décide comme ça ?... Ce soir ?...

PAPA, *péremptoire.* — Comme ça... ce soir... à l'instant !... Je ne veux pas le garder à flâner sur le pavé de Paris... Ça n'a déjà que trop duré... (*A Toto.*) Tu n'as que l'embarras du choix... Je peux te faire entrer demain, si tu veux, à la banque Chapron ?... Chapron consent à te prendre... et même à t'appointer par amitié pour moi, jusqu'à ce que tu ailles au régiment...

TOTO. — Oh !... le régiment !... J'y suis pas !...

PAPA. — Évidemment !... mais tu y seras dans trois ans !... (*Toto fait un mouvement qui dans sa pensée signifie : « Faudra voir !... ».*) Qu'est-ce que tu dis ?...

TOTO. — Rien, P'pa !...

PAPA. — Tu peux, si tu le préfères, essayer encore une fois de passer ton baccalauréat ?... (*Toto sourit.*) Ça te fait rire ?...

TOTO. — Dame oui !... Il faut venir ici pour entendre parler du bachot comme d'une chose qui compte encore...

PAPA. — Tu en as un aplomb !... J'en fais juge ton oncle, qui est beaucoup moins... enfin, beaucoup plus...

TOTO. — Soit !... Faisons le juge !...

LE COUSIN FRANÇOIS, *quarante-cinq ans. Très bien de sa personne. L'air intelligent et narquois.* — Bien que je représente, paraît-il, l'esprit nouveau dans cette maison, je ne suis pas moderne pour deux sous, moi, mon petit... Alors, je suis pour le bon vieux bachot, le latin, et tout le tremblement...

TOTO. — Je ne suis pas curieux, mais, tout de même, je me demande à quoi peut bien servir le bachot pour... (*Il cherche.*) pour faire de l'aviation, par exemple ?...

PAPA, *ahuri.* — Tu veux faire de l'aviation ?...

TOTO, *délibérément.* — Et pourquoi pas ?...

TITINE, *seize ans et demi. Fraîche, jolie, saine et normale. Très simple. Très bien née. Beaucoup mieux que papa elle connaît Toto, alors, encore plus que lui, elle est ahurie.* — Tu ferais de l'aviation ?... Toi ?... Toi ?...

MAMAN, *horriblement inquiète.* — Mon

Chéri !... Ça n'est pas sérieux, n'est-ce
pas ?... Je t'en prie, dis-moi que ça n'est
pas sérieux ?...

TITINE. — Pauv' Maman, va !... (*Elle
rit.*)

MAMAN, *suppliante à Toto.* — Mon Chéri,
je te supplie de renoncer à cette abominable
idée ?... Il y a tant de carrières moins dan-
gereuses que celle-là !... (*Toto secoue né-
gativement la tête et semble inflexible.*)

PAPA, *vaguement inquiet, lui aussi.* —
En effet... il ne manque pas d'autres carrières qui...

TOTO. — Oui... des carrières stupides !...
Tu voudrais me voir rond-de-cuir, n'est-ce
pas !... (*Amer.*) Rond-de-cuir !... Nous y
voilà !... Mais c'est-à-dire que nous serions des pauvres bougres, obligés de tri-
mer tous pour gagner notre vie, que tu
n'agirais pas autrement... Est-ce que ton
fils devrait faire quelque chose, voyons?...

PAPA. — Je ne tiens pas à ce que tu fasses
quelque chose... mais... (*Résolument.*) Je
veux que tu aies une carrière !...

TOTO. — C'est honteux... avec ta for‑
tune !...

PAPA, *embêté*. — Ma fortune !... ma for‑
tune !... D'abord elle n'est pas aussi consi‑
dérable qu'on le croit... ensuite elle n'a
rien à voir à l'affaire !... Je veux que tu aies
une carrière, parce que je n'entends pas **que**
tu restes à battre le pavé comme tu le fais...
Et voilà !... Je t'ai expliqué ça plus de cent
fois !... Mais, je ne suis pas bien sévère,
puisque je te laisse libre de choisir la car‑
rière que tu voudras... Libre... absolument
libre !...

TOTO. — Absolument ?... (*Papa fait
signe que oui.*) Eh bien, il y en a une
qui me convient à ravir, de carrière...
mais...

PAPA, *enchanté*. — Quelle est-elle ?...

TOTO. — Je parie que tu ne voudras pas
en entendre parler...

MAMAN, *heureuse et inquiète à la fois*. —
Quelle est-elle ?...

TOTO. — Je vous dis que je suis sûr que
vous allez pousser des cris de putois...

PAPA. — Cette supposition est inconvenante...

MAMAN, *anxieuse*. — Dis vite, mon Chéri ?... Tu nous fais bouillir !...

TOTO. — Eh bien, (*Résolument.*) je veux être Mégottier du Prince !...

PAPA. — Qu'est-ce que tu dis ?...

TOTO. — Je dis que je veux être Mégottier du Prince... comme tous les jeunes gens un peu propres, d'ailleurs...

PAPA. — Ce n'est pas une carrière...

TOTO. — Par exemple !...

BONNE-MAMAN. — Qu'est-ce que c'est, au juste, que les Mégottiers du Prince ?...

TOTO, *un peu embarrassé*. — Eh bien, mais... c'est un corps... un corps constitué... un corps d'élite... qui assure le... la liberté... la tranquillité... C'est magnifiquement recruté...

MAMAN, *les yeux brillants*. — Ah ! c'est quelque chose comme les Camériers du Pape, peut-être bien ?...

LE COUSIN FRANÇOIS, *qui sait que Toto n'aime pas la casse*. — Ça te chante tant que ça d'être Mégottier du Prince ?...

MAMAN, *qui commence à s'emballer pour l'idée de Toto.* — Pourquoi ça ne lui chanterait-il pas ?... (*Le cousin Français hausse les épaules.*)

PAPA, *qui n'est au courant de rien et qui n'a, sur les Mégottiers du Prince, que des tuyaux plutôt vagues.* — Est-ce que c'est astreignant ?... Est-ce que ça occupe vraiment ?...

TOTO. — Ah ! j' te crois !... Il faut toujours être là... toujours prêt à marcher...

PAPA. —A marcher ?... marcher où ?...

TOTO. — Ben... (*Il cherche.*) sur les points où il y a des conflits...

PAPA, *qui cherche à comprendre.* — Des conflits ?... Quels conflits ?... (*Le respect de la loi et de l'autorité se réveille en lui.*) Pas avec le parti de l'ordre, je présume ?...

TOTO. — Mais non !... avec les partis de désordre et d'anarchie...

PAPA. — Et puis après ?...

TOTO. — Quoi, après ?...

PAPA. — A quoi ça mène-t-il ?...

TOTO, *interloqué*. — Mais... ça mène à... à tout !...

PAPA, *pointu*. — C'est beaucoup !...

TOTO. — Ça mène... (*Il cherche.*) ça mène, par exemple... (*Illuminé, se souvenant que papa est vaniteux comme un dindon.*) à avoir de belles relations...

PAPA, *intéressé soudain*. — Tu connaîtrais des royalistes ?...

TOTO. — Dame !...

PAPA, *incrédule*. — Des membres des comités royalistes ?...

TOTO. — Plutôt !...

PAPA. — Il est d'ailleurs inutile d'être pour cela Mégottier du Prince !... (*Avec une nuance de fierté.*) Je connais un peu le marquis de Latude, moi !... Aux dernières élections du conseil général de Pont-sur-Loches, il m'a fait l'honneur de me donner quelques indications au sujet de la marche à suivre pour...

TOTO, *qui sait où le bât blesse papa*. — Du jour où je serais Mégottier, au lieu de l'apercevoir à peine, tu le connaîtrais intimement... et au lieu de te donner des tuyaux, ce serait lui qui t'en demanderait...

PAPA, *hésitant*. — Mais...

TOTO. — D'ailleurs les Mégottiers sont tout-puissants... Il est évident que le parti n'existe que par eux... et le Prince lui-même...

MAMAN. — Quel prince ?...

TOTO. — Le duc d'Aquitaine... 'turellement...

MAMAN, *respectueuse admiration*. — Ah !... c'est le duc d'Aquitaine qui est le prince ?... (*Toto fait signe que oui.*) Mais... les Mégottiers ne le voient pas, le Prince ?...

TOTO, *désinvolte*. — ... 'turellement si, ils le voient !...

MAMAN. — Oh !... vraiment !... Tu le verrais ?... (*Perplexe.*) Tu irais donc chez lui puisqu'il ne peut pas venir en France ?... (*Emballée, au cousin François.*) Tu entends ?... Toto irait chez le Prince !... (*Le cousin François rehausse les épaules.*) chez le duc d'Aquitaine !... (*Inquiète.*)

Tu ne crois pas que le duc le recevrait ?...

LE COUSIN FRANÇOIS. — S'il le recevrait...
Mais comment donc ?... Il le recevrait à
bras ouverts... et à demeure !...

MAMAN, *hésitante*. — On ne sait jamais si
tu plaisantes ?...

LE COUSIN FRANÇOIS. — Moi ?... Allons
donc !... Je suis convaincu que le duc d'A-
quitaine irait lui porter son chocolat dans
son lit pour le réveiller... ainsi, zuze un
peu ?...

MAMAN. — Tu n'es jamais sérieux !...

LE COUSIN FRANÇOIS. — Non !... (*Il rit.*)
C'est ton mari et toi qui l'êtes !...

TOTO, *qui comprend qu'il faut battre le
fer pendant qu'il est chaud*. — Alors, c'est
oui, P'pa ?...

PAPA, *décidé au fond, mais jugeant qu'il
ne faut pas céder tout de suite*. — Nous
verrons ça !... (*Un temps.*) Monsieur de Latude doit être là-bas en ce moment ?... Le
bureau politique du duc d'Aquitaine se
préoccupe du remplacement du comte de
Vyéladage... Il faut absolument trouver un

candidat à opposer à Clopinet... (*Perplexe.*)
Je ne vois personne ?. . (*Au cousin François.*) Vois-tu quelqu'un, toi ?... Il est très
important pour le parti de ne pas perdre ce
siège...

LE COUSIN FRANÇOIS. — Comme je suis
impérialiste, je m'en contrefiche, moi, que
le parti perde ou ne perde pas le siège...

PAPA, *mollement.* — Moi aussi, je suis
impérialiste... (*Titine rit.*) Pourquoi ris-
tu ?...

TITINE. — Parce que tu dis que tu es impérialiste...

PAPA. — Eh bien ?...

TITINE. — Eh bien, non !...

PAPA, *interloqué.* — Ah !... Et qu'est-ce
que je suis, alors ?. .

TITINE. — Souspréfétiste, mairiste, com-
missairedepoliciste, gardechampêtriste, et
cætera... et cætera... Tu es trop pendu à
l'habit des fonctionnaires et trop disposé à
te blottir sous l'aile de l'autorité, pour te
permettre une opinion indépendante, quelle
qu'elle soit...

PAPA, *vexé*. — Ah !... Tu as décidé ça,
toi ?... (*Il suit son idée.*) Je pensais que
peut-être on présenterait le marquis de Latude...

TOTO, *méprisant*. — C'vieux-là !... Oh !
Vous n'voudriez pas !...

PAPA, *qui ne s'est pas habitué et ne s'ha-
bituera jamais au langage nouveau.* — Si,
nous voudrions... mais c'est lui qui ne veut
pas... Alors on cherche, et personne ne
consent à se présenter... (*Avec une certaine
satisfaction.*) littéralement personne !...
(*Le cousin François et Tiline regardent
papa en souriant. Toto le regarde avec intérêt.*)

BONNE-MAMAN. — C'est un si triste métier !...

TOTO, *agressif*. — D'être Mégottier ?...

BONNE-MAMAN. — Non, d'être député ..
Mégottier, je ne sais pas !... J'ignorais totalement les Mégottiers jusqu'à tout à
l'heure...

TOTO. — Alors, c'est que vous ne lisez
pas les journaux !...

BONNE-MAMAN. — Oh !... je ne veux pas dire que je ne les connaissais pas de nom... Mais je ne savais ni qui ils étaient précisément, ni à quoi ils servaient... et je ne le sais d'ailleurs pas davantage...

TOTO, *fièrement.* — Ils servent à réprimer les abus... à combattre et exterminer la franc-maçonnerie... à... (*Il cherche.*)

BONNE-MAMAN, *à moitié sérieuse, à moitié narquoise.* — Voilà un programme qui est parfait !...

PAPA. — Si tu persistes à être Mégottier du Prince... en admettant que je t'y autorise... as-tu quelqu'un pour te présenter ?...

TOTO. — Me présenter ?... Mais on se fait tout bonnement inscrire... et puis on prête serment, je crois... S'agit pas d'entrer au Jockey... (*Important.*) D'ailleurs, Fernand m'expliquera comment on s'y prend...

TITINE. — Qui ça, Fernand ?...

TOTO, *négligemment.* — Fernand de Montsoreau...

PAPA, *épaté*. — De Montsoreau ?... des grands Montsoreau... des vrais ?...

TOTO, *un peu méprisant*. — Je ne sais pas ce que tu appelles les « vrais » ?...

PAPA. — Mais... ceux de *La Dame de Montsoreau*, par exemple !... Est-ce que c'est un descendant de ceux-là ?...

TOTO, *avec aplomb*. — C'en est un !...

PAPA, *sifflement admiratif*. — Phuuuu!.. Et comment l'as-tu connu ?...

TOTO, *après un instant d'hésitation*. — Je l'ai rencontré... avec la tante Eugénie...

MAMAN, *ahurie*. — Ta tante le connaît !...

PAPA, *également ahuri. Il a parlé en même temps que sa femme*. — Ma sœur Ugénie connaît ce monsieur de Montsoreau ?...

TOTO, *du bout des lèvres*. — Probable !...

PAPA. — Comment se fait-il que nous ne l'ayons jamais vu chez elle ?...

TOTO, *avec une moue de dédain à l'adresse de la tante*. — Parce qu'il n'y va pas !...

MAMAN. — Mais tu disais à l'instant que tu l'avais rencontré chez ta tante...

TOTO. — J'ai dit avec... j'ai pas dit chez...

PAPA, *qui marche d'ahurissement en ahurissement.* — Ta tante se promène avec monsieur de Montsoreau ?...

TOTO, *distant et monosyllabique.* ...! bable !...

PAPA, *énervé.* — Ah ! mais veux-tu répondre autrement, je te prie ?... J'en ai assez de ces façons-là, animal'... grossier personnage !... (*Toto écoute d'un air profondément calme et infiniment las.*)

TITINE, *conciliante.* — Si tu veux, P'pa, je vais t'expliquer ?... Je crois que je sais comment Tante connaît le monsieur de Toto... Ça doit être parce que il va aux réunions des jeunes filles royalistes...

MAMAN, *avec une nuance d'admiration.* — Des jeunes filles royalistes !... (*Toto ébauche un geste de pitié.*) Il y a des jeunes filles royalistes ?...

TITINE. — Des tas !...

PAPA. — Mais qu'est-ce que fait ta tante. .

qui n'est pas une jeune fille... avec les...

TITINE. — Elle accompagne Adèle et José phine aux réunions...

MAMAN, *intéressée*. — Ah !... Et qu'est-ce qu'on y fait, aux réunions ?... (*Titine fait un geste négatif. Maman se tourne vers Toto.*) Le sais-tu, toi ?...

TOTO. — On s'entend sur les moyens d'action... de propagande...

MAMAN, *qui ne comprend pas grand'chose à la politique.* — Oh !... les jeunes filles aussi ?...

TOTO. — !... Turellement !... Les jeunes filles, y a pas meilleures propagandistes... Elles marchent comme un seul homme sous la direction de la baronne de Van-Birne...

MAMAN, *admirative.* — Oh ! vraiment !...

BONNE-MAMAN, *à Titine.* — Ben, on peut dire que tu n'es pas bavarde, toi !... Tu savais que tes cousines étaient des jeunes filles royalistes et tu ne l'avais pas dit ?...

TITINE. — Parce que elles aimaient autant qu'on ne le sache pas ici...

BONNE-MAMAN. — Pourquoi ?...

TITINE. — Elles ont peur que l'oncle François les blague...

MAMAN. — Il y a longtemps qu'elles font partie de ce... de cette association ?...

TOTO. — Ce n'est pas une association... C'est une ligue... ou plutôt un groupement...

PAPA. — Comme c'est intéressant, toutes ces choses qu'on ignore !... (*Le cousin François rit.*)

MAMAN. — Tu parlais tout à l'heure de la baronne... de Van... je ne sais plus quoi ?... Celle qui fait marcher les jeunes filles comme un seul homme...

TOTO, *du bout des lèvres.* — La baronne de Van-Birne...

MAMAN. — Oui !... Est-ce que c'est une dame du grand monde ?...

LE COUSIN FRANÇOIS. — Plutôt !...

MAMAN. — Est-ce qu'elle reçoit ?... (*A Toto.*) Sais-tu si elle reçoit ?...

TOTO. — ... 'Bablement...

MAMAN, *à Titine.* — Tu pourrais peut-être

t'en mettre, toi aussi, des demoiselles royalistes ?...

TITINE. — Jamais d'la vie !... A propos de
quoi ?... Pourquoi faire ?...

MAMAN, *embarrassée*. — Mon Dieu. . pour
t'occuper... te distraire...

TITINE. — M'occuper ?... Mais j'ai déjà
pas le temps de faire la moitié de ce que je
voudrais... et ça ne me distrairait pas du
tout...

MAMAN. — Mais tu n'en sais rien...

TITINE. — Pauv' Maman, va !... Si tu
crois que je ne sais pas ce qui se passe dans
ta tête ?... Tu veux que j'aille chez des
gens chics, pour que je fasse un mariage
chic aussi ?... (*El' rit.*) Attends u moins
trois ou quatre ans pour me tarabuster...

MAMAN, *embarrassée*. — Mais pas du tout,
je ne pensais pas à...

TOTO, *à maman, par-dessus l'épaule.* —
D'autant plus que t'as pas besoin de t'exci-
ter, va !... C'est du monde pour qui vous
ne comptez pas !...

BONNE-MAMAN. — Alors, dans ce cas, je

me demande ce que tu iras y faire ?...

TOTO. — Oh ! mais moi, c'est tout différent !... Je serai Mégottier du Prince,
moi !... Et, comme tel, je deviens l'égal de
n'importe qui...

PAPA. — Ah !... parfaitement !... C'est
comme quand, par exemple, on a le collier
de l'Annonciade et qu'on devient le cousin
de tous les rois... (*Au cousin François.*) Ça
te fait rire ?...

LE COUSIN FRANÇOIS. — Ah ! oui !...

PAPA, *timidement.* — Tu n'approuves pas
que Toto soit Mégottier du Prince ?...

LE COUSIN FRANÇOIS. — Mais je n'ai pas
à approuver ou pas approuver... Ça ne me
concerne en rien !... Ça se passe à côté de
moi, alors je regarde, voilà tout !... (*Il
louche sur Titine qui rit de tous ses yeux
frisés.*) C'est comme la petite, tiens !... Elle
regarde aussi... et elle s'amuse bien plus
qu'elle ne s'amuserait chez la baronne
de Van-Birne...

PAPA, *à Toto.* — Je vais réfléchir encore
cette nuit... (*Toto le toise d'un air incré-*

dule.) Demain matin, à déjeuner, je te donnerai la réponse...

TOTO. — Et la galette ?...

PAPA. — Comment : Et la galette ?...
Qu'entends-tu par là ?...

TOTO. — Que tu me donneras des patars...

PAPA. — Oh ! j'ai bien compris !... Je
veux dire : pourquoi veux-tu de l'argent ?...
On paie donc pour être Mégottier ?... C'est
comme un cercle, alors ?...

TOTO. — Je ne sais pas exactement... (*Il
voit que le cousin François le regarde.*) Je
ne crois pas qu'on paie précisément... mais
il y a des faux frais... des tas de petites
choses... Je ne peux pas aujourd'hui t'en
donner le détail, mais tu dois bien comprendre que...

PAPA. — Combien te faut-il ?...

TOTO. — Je ne peux pas faire moins que
les autres...

PAPA, *vaguement inquiet.* — Qu'est-ce
qu'ils font, les autres ?...

TOTO. — Je pense qu'avec... (*Il n'ose pas*

trop forcer la note.) deux cents francs...
pour commencer...

PAPA, *qui a bondi.* — Comment, pour
commencer !... pour commencer me
plaît !... Car qu'est-ce que tu vas en faire
de ces deux cents francs, je me le demande ?...

TOTO, *à la fois digne et pointu* — Je ne
me le demande pas, moi !...

LE COUSIN FRANÇOIS, *à part lui.* — Moi
non plus !... *(Bonne-maman regarde son
petit-fils en souriant.)*

TOTO, *qui se réjouit déjà de tenir ses dix
louis.* — Tu devrais bien me dire oui ce
soir, P'pa !... Ça serait rudement plus gentil et plus chic que de me tenir le bec dans
l'eau jusqu'à demain...

MAMAN. — Dis-lui oui, Alfred ?...

PAPA. — Non, je veux encore réfléchir...
(A Titine qui le regarde en souriant.) N'est-
ce pas que j'ai raison de vouloir réfléchir ?...

TITINE. — Mais non, P'pa !... Tu sais bien
que tu ne peux pas réfléchir... Ça t'endort...

PAPA, *vexé.* — Par exemple !...

TOTO, *tenace.* — Alors... réflexion dans l'coin, c'est oui, pas ?...

PAPA, *excédé.* — Soit !... c'est oui !...

TOTO, *ravi.* — Ah ! chouette !... (*Il crie à tue-tête.*) Vive Pépin III...

PAPA. *Il cligne des yeux, cherchant à comprendre.* — Qu'est-ce que tu dis ?... (*Au cousin François.*) Tu as compris ce qu'il a dit ?...

LE COUSIN FRANÇOIS. — Il a dit : Vive Pépin III !... C'est le duc d'Aquitaine, Pépin III... (*Papa ouvre des yeux ronds.*) Comment, tu ne le savais pas ?...

PAPA, *sincère.* — Ma foi, non !...

ASSISTANCE MUTUELLE

Aux Champs-Élysées.

TOTO *descend l'avenue. Il a ses plus beaux habits. Fernand de Montsoreau l'accompagne.* — Est-ce qu'il va y avoir beaucoup de jeunes filles royalistes chez madame votre sœur ?...

FERNAND, *dix-huit ans. Solide, bien campé. Assez élégant. L'air ennuyé et flemmard.* — Je le crains !

TOTO. — Comment, vous le craignez ?...

FERNAND. — Assommantes, mon petit, les jeunes filles royalistes !.. On voit bien que vous ne les connaissez pas !...

TOTO. — Mais...

FERNAND, *avec autorité*. — Assommantes... comme toutes les jeunes filles
d'ailleurs !... C'est vrai, c'est bêta, les
jeunes filles !... C'est voyou, et pourtant ça
manque d'accent !...

TOTO. — ...

FERNAND. — Vous ne trouvez pas ?...

TOTO. — Mon Dieu...

FERNAND. — Parlez-moi des femmes !. .
à la bonne heure !... Et il y en a, chez ma
sœur, qui ne sont pas piquées des vers...
heureusement !...

TOTO. — C'est aussi des dames de *La
Volonté Franque* ?...

FERNAND. — Oui et non... Il y a un peu
de tout...

TOTO. — A propos de *La Volonté Franque*... je voudrais bien que vous me présen-
tiez à Jacques Peyrolles...

FERNAND. — Si vous y tenez... mais c'est
un rasoir, Peyrolles !..

TOTO, *surpris*. — Comment ?... Lui qui a
tant de talent... (*Un temps.*) à ce qu'on
dit...

FERNAND. — Il a du talent... si vous voulez !... (*Mouvement de Toto.*) Oui... je veux
bien aussi, moi !... Ça ne me gêne pas, vous
comprenez ?...

TOTO. — Et je voudrais tant être présenté
à Jules Flambart... Est-ce qu'il sera chez
madame de la Tour-de-Nesle ?...

FERNAND. — Je ne pense pas !... Mais
nous irons, si vous voulez, à *La Volonté* en
sortant de chez Diane... parce que, vous
verrez, vous en aurez vite assez... Ce que
vous allez vous barber...

TOTO. — Oh ! croyez-vous ?...

FERNAND. — Je crois !... je suis même
sûr !... Pas rigolotes, les dames de *La Volonté*... quand elles sont réunies, s'entend...
parce que, séparément, il y en a qui ne
manquent pas d'un certain... (*Il fait claquer
sa langue.*)

TOTO. — Ah !... (*Sincère.*) Il y a bien
longtemps que je désirais venir chez madame votre sœur !...

FERNAND. — Nous étions bien obligés
d'attendre que monsieur Dubreuil ait lâché

son consentement pour la Mégottade...
(*Mouvement de Toto.*) ou la Mégotterie...
Est-ce Mégotterie qu'il faut dire ?...

TOTO. — Oh ! je ne sais pas !... Ce n'est
pas à ça que je pensais...

FERNAND. — A quoi pensiez-vous ?

TOTO. — Je pensais... (*Il hésite.*) Je trouvais... (*Timidement.*) que vous n'avez pas
du tout l'air de croire que c'est arrivé ?...

FERNAND. — Ah ! j'vous crois que je
n'crois pas qu'c'est arrivé !... Ah ! non !...
plutôt pas !...

TOTO. — Mais pourtant vous êtes...

FERNAND. — Mégottier ?... Ben, oui, je
le suis !... Mais c'est pas par conviction...
C'est parce que ça me procure un tas de
petits avantages... D'abord, comme je vous
l'ai expliqué, ça m'a permis d'envoyer faire
f... le bachot... et c'est bien quelque
chose !...

TOTO, *convaincu.* — Sûr !...

FERNAND. — Ensuite ça m'assure, quant
aux sorties de jour et de nuit, une liberté
absolue...

TOTO. — Oh ! de nuit aussi ?...

FERNAND. — Oui, mon p'tit !... Service du Roi !...

TOTO. — La nuit ?...

FERNAND. — Parfaitement !... En tirant un peu sur la couverture, ça va tout seul... Les réunions sont le soir, n'est-ce pas?... Eh bien, quand on ne rentre que le lendemain matin, on dit qu'il y a eu du bruit à la sortie et qu'on a été arrêté pour manifestations excessives...

TOTO. — Mais si il n'y a rien dans les journaux du lendemain...

FERNAND. — Il y a toujours quelque chose... ne serait-ce que cette phrase vague et élastique à souhait : « Quelques arrestations ont été faites qui n'ont pas été maintenues »...

TOTO. — Eh bien, mais... si elles n'ont pas été maintenues...

FERNAND. — Elles l'ont toujours été jusqu'au matin !... Écoutez, on est plutôt chien, à la maison... surtout papa, parce que, avec maman, ça va encore... Ben, jamais, jusqu'à présent, papa ne s'est méfié que je lui racontais des craques... C'est une de ces veines !...

TOTO. — Touchez du bois !...

FERNAND. — Pourq... Tiens, oui, au fait !... (*Il se précipite vers une chaise. Toto fait un signe négatif.*) Ah ! non !... c'est du fer !... (*Il s'élance vers un marronnier qu'il tape du bout des doigts.*) Vous avez raison !... Faut jamais se vanter d'une veine quelconque sans toucher du bois...

TOTO, *convaincu.* — Jamais !...

FERNAND. — Donc, comme je vous le disais, jamais papa n'a soupçonné que les arrestations c'était un moyen de me donner de l'air... (*Il va à un autre arbre qu'il touche de la même façon.*) Vous verrez... ça réussira pour vous aussi...

TOTO. — Mon Dieu, je... je ne tiens pas particulièrement à passer la nuit dehors...

FERNAND. — Ah ! Votre maîtresse ne peut pas vous recevoir ?...

TOTO. — ...

FERNAND. — Elle ne peut pas non plus sortir ?... (*Un silence*). C'est... (*Étonné.*) une femme du monde ?...

TOTO. — Non !... (*Après un instant d'hésitation.*) C'est personne !...

FERNAND. — Pas possible !...

TOTO. — Vous trouvez ça ridicule ?...

FERNAND. — Ridicule... non !... pas précisément... mais surprenant... (*Désinvolte.*) Oh ! c'est pas que, moi, j'aie l'habitude de les garder bien longtemps !... Non... mais enfin, je m'arrange pour qu'il n'y ait jamais de vacance complète... (*Un silence.*) Je ne peux pas me passer d'une petite femme... d'abord parce que... vous comprenez ?... Et puis aussi parce qu'il faut bien avoir quelqu'un à qui raconter ses embêtements et sur qui passer sa mauvaise humeur...

TOTO, *convaincu*. — Évidemment !...

FERNAND. — Est-ce qu'il y a longtemps que vous avez lâché ?...

TOTO. — Mais...

FERNAND. — Je comprends !... c'est vous qui avez été lâché... (*Il rit.*) Faut pas vous biler pour ça, allez !... Ça arrive à tout le monde !... Ainsi, moi-même je...

TOTO. — Non... ce n'est pas... Je me suis mal expliqué... Je ne... enfin... (*Avec embarras.*) jamais... jamais... Vous comprenez ?...

FERNAND. *Il s'arrête court.* — Non !... (*Abruti.*) Non !... Elle est bien bonne !... Quel âge avez-vous ?...

TOTO, *honteux.* — Dix-huit ans...

FERNAND. — Comme moi !... Ben, moi, il y a beau temps que... (*Il regarde curieusement Toto.*) J'aurais pas cru ça possible à Paris, et dans un milieu...

TOTO, *avec éclat.* — Ah ! un milieu !... Mais vous ne le connaissez pas, ce milieu-là !... Vous ne savez pas combien tout est étroit, et conventionnel, et borné, dans la bourgeoisie !...

FERNAND. — Et dans l'aristocratie, donc !... C'est-à-dire que c'est à n'y pas croire !... Mais on s'ingénie.. on se décarcasse... Vous n'aimez donc pas les femmes ?...

TOTO. — Je les adore... autant que j'en peux juger !... Je passe ma vie à les suivre, à les dévorer des yeux, à en rêver dès que je ne les vois plus... (*Fernand rit.*) J'ai eu tort de vous avouer que je n'ai jamais... enfin... Mais si nous devons nous lier, vous l'auriez toujours su à un moment donné, pas, alors...

FERNAND. — Vous avez raison, il valait bien mieux arracher la dent tout de suite... D'autant plus que, si ça vous chante, nous pourrons nous être mutuellement très utiles...

TOTO. — J' vous crois que ça me chante !... (*Un temps.*) Ut'les au point de vue de... (*Un autre temps.*) de l'amour ?...

FERNAND. — De l'amour... ou à peu près... Ainsi, vous pouvez m'aider à me marier dans votre monde...

TOTO, *flatté.* — Oh !... vous voudriez vous...

FERNAND. — Faut bien !... J'ai pas un radis !... (*Il suit son idée.*) Donc, vous me marieriez dans votre monde... et moi, de mon côté, je vous aiderais à faire la fête, je ne dis pas dans le mien, mais dans un monde qui a bien son charme... Ça vous va-t-il ?...

TOTO. — Si ça me va ?... Ah ! oui ! ça me va !... Mais vous n'imaginez pas à quel point on me surveille... p'pa surtout !... C'est comme chez vous !... C'est p'pa qui est le plus enragé... Il entre dans ma chambre à toute heure, à l'improviste, en bombe...

FERNAND. — Pour voir si vous travaillez, peut-être ?...

TOTO. — Ah ! ouiche !... il sait bien que non !... Pour voir si je suis là, qu'il entre !... Et quand je rentre du lycée, puisque, jusqu'à présent, j'ai suivi Condorcet, c'est des questions à n'en plus finir si j'ai seulement été en retard d'une demi-heure... Il est tannant, p'pa !...

FERNAND. — Il soigne votre vertu...

TOTO. — C'est pas tant ma vertu que sa galette !... Il a une peur de tous les diables que je fasse des connaissances, parce que la

noce, les dettes, et tout le tremblement...
Alors il guette !...

FERNAND, *un peu défrisé.* — Ah !... il
guette tant que ça !...

TOTO. — Et il a l'œil encore pas mal
pointu... quoique, pour ce qui est de mon
entrée aux Mégottiers du Prince, il n'y a vu
que du feu...

FERNAND. — Bah !... à nous deux nous
en ferons quelque chose, vous verrez ?...
Ah !... à propos !... Vous allez vous trouver
chez ma sœur dans un milieu penaché, vous
savez... Elle, elle est dans *La Volonté Fran-*
que jusqu'au cou !... Elle lui donne tout
son temps, tout son cœur et tout son
argent... Mon beau-frère, lui, bien qu'il soit
très royaliste, et désireux avant tout de
voir revenir le Roi, n'est pas du tout convaincu de l'utilité de *La Volonté Franque*
et ne s'associe à aucune de ses manifestations... D'abord, parce qu'il a très suffisam-
ment à faire avec le comité royaliste
d'Indre-et-Cher dont il est président... ensuite parce qu'il trouve que les gens de

La Volonté manquent de tenue... Quant à son frère, ou plutôt son demi-frère, le duc de la Guerche, il la déteste carrément...

TOTO. — Qui ça ?....

FERNAND. — Ben, *La Volonté Franque* !... Flambart l'horripile... il ne peut pas le voir... Et cette pauvre Diane est toujours pourchassée par cette idée fixe de les empêcher de se rencontrer...

TOTO. — Oh !... C'est à ce point-là ?...

FERNAND. — Oui !... parce que c'est pas un type ordinaire, Jean de la Guerche !... Avec lui, on peut toujours s'attendre à de l'imprévu...

TOTO. — Mais... vous disiez tout à l'heure que madame la marquise de la Tour-de-Nesle donn...

FERNAND. — ... ''Tendez que je vous explique quelque chose pendant que ça se trouve... Vous permettez ?...

TOTO. — Mais comment donc !...

FERNAND. — Faut pas dire : madame la marquise de la Tour-de-Nesle...

TOTO, *interloqué*. — Ah !... Comment faut-il dire ?...

FERNAND. — Madame de la Tour de Nesle, ou alors : la marquise de la Tour-de-Nesle... Un des deux suffit...

TOTO, *interdit*. — Mais... quand je lui parlerai... (*Vaguement inquiet.*) Car il faudra probablement que je lui parle ?...

FERNAND. — Eh bien ?...

TOTO. — Comment faudra-t-il que je l'appelle ?...

FERNAND. — Madame...

TOTO. — Oh !... seulement !... (*Ils sont arrivés rue Saint-Dominique.*)

FERNAND. — Nous arrivons !... Vous vouliez me demander quelque chose quand je vous ai coupé pour les titres ?... Quoi ?...

TOTO. — Je ne sais plus !... Je... Ah ! oui... Vous disiez tout à l'heure que mad... que la marquise de la Tour-de-Nesle donnait à *La Volonté Franque* tout son temps et tout son argent... Comment son mari autorise-t-il ça, s'il n'aime pas ce parti ?...

Le temps, à la rigueur, ça se conçoit encore... mais l'argent ?...

FERNAND. — Hubert est beaucoup plus riche que ma sœur... Et il lui abandonne le revenu de sa très petite dot pour sa toilette, ses charités, enfin ce qu'elle veut... Alors, s'il lui plaît d'abouler ses pauv's patars à *La Volonté Franque*, ça ne regarde qu'elle...

TOTO, *en admiration.* — C'est un joliment bon mari, toujours !...

FERNAND, *convaincu.* — Je me souhaite une femme comme ça !... (*Ils montent l'escalier. Toto regarde tout autour de lui. Il trouve que c'est un peu nu. Fernand se rend compte de ce qui se passe dans son esprit.*) C'est primitif, hein, chez Diane ?... Pas de calorifère... pas d'électricité... C'est plutôt sec !...

TOTO, *à qui la vue de ces grands murs nus donne le frisson.* — C'est très beau !... Alors, vous allez me présenter à la baronne de Van-Birne ?...

FERNAND. — Mais oui... si elle est là...

TOTO. — Et à des jeunes filles royalistes ?... (*Il en bave.*) à des jeunes filles
chics ?...

FERNAND. — S'il y en a... (*Un monsieur
qui descend l'escalier les croise, s'arrête
pour serrer la main à Fernand, et passe.*)
O veine !... Voilà Combescassiou qui s'en
va !... Sa conférence est finie... Si le rapport
est lu aussi, nous coupons aux embêtements
excessifs...

*Un grand salon. Plafond très élevé.
Boiseries superbes ; tentures de damas jaune
un peu fanées. Meubles anciens. Portraits
splendides. Pas de tapis. Une garniture de
cheminée qui vaut une fortune. Quelques
magnifiques bibelots, mais peu. Aspect général dénudé. Une trentaine de personnes.
Les femmes sont en majorité. Cinq ou six
très jeunes gens.*

*Fernand traverse tout le salon — suivi
de Toto qui, habitué aux tapis, glisse horriblement sur le parquet — et se dirige vers
une dame très occupée à distribuer des pa-*

quets de cartes postales *aux jeunes filles*
réunies autour d'elle.

TOTO. *Il est malheureux comme tout,*
s'applique de toutes ses forces à ne pas
tomber et à paraître aussi désinvolte que
possible, et pense, terrifié. — Pourvu qu'
j'aille pas m'fich' par terre, toujours !...
Oh ! la la !... Quel coup pour la fanfare !...

FERNAND. — Diane !... Je te présente mon
ami Dubreuil... dont je t'ai parlé déjà...

TOTO, *à part lui, avec envie.* — Avoir
une sœur qui s'appelle Diane !... C'est ça
qui vous a de l'œil !... (*Il salue profondé-*
ment.)

DIANE DE MONTSOREAU, MARQUISE DE LA
TOUR-DE-NESLE. *Trente ans. Petite, blonde*
et boulotte. De jolis yeux ; le teint rose ; les
cheveux naturellement frisés ; des dents su-
perbes. Un peu vulgaire. Vivante et sympa-
thique au possible. (Elle tend la main à
Toto.) — Je suis contente de vous connaître,
Monsieur !... Fernand m'a beaucoup parlé
de vous depuis quelque temps... (*Genti-*

ment.) Alors, vous êtes maintenant des nôtres ?...

TOTO, *très ému, mais plastronnant.* — Oui, Madame...

DIANE. — Vous habitez, je crois, boulevard Malesherbes... (*Toto fait oui de la tête.*) Je vais vous présenter au président de votre section qui est justement là...

TOTO. *Il salue.* — Je serai très honoré, Madame... très honoré... (*Il resalue et pense, à part lui.*) Qui ça peut-il être, le président de ma section ?... (*Il cherche parmi les notables habitants du quartier.*) Le comte du Castel peut-être bien ?... ou le marquis de...

DIANE, *à un grand jeune homme qu'elle a appelé d'un signe.* — Monsieur Louchon !... (*Mouvement de Toto qui est déçu.*) je vous présente un nouveau ligueur de votre section... Monsieur Fernand Dubreuil... qui devient Mégottier du Prince... (*Elle passe, et laisse en face l'un de l'autre les deux jeunes gens.*)

LOUCHON, *grand, très vigoureux, avec une

bonne *figure plaisante et des yeux clairs.* ——
Parfaitement !... (*A Toto.*) Vous voilà des
nôtres ?...

TOTO. — Mon Dieu, oui !...

LOUCHON. — Vous arrivez bien !...

TOTO, *niaisement.* — Ah ! tant mieux !...

LOUCHON. — On prépare de grandes...
de très grandes choses... Il va y avoir de
beaux jours pour les Mégottiers...

TOTO, *sans enthousiasme.* — Ah !... (*Un
temps.*) Vous êtes Mégottier du Prince ?...

LOUCHON. — Je n'ai pas cet honneur !...
mon métier ne me laisse pas assez de loi-
sirs... (*Regard interrogatif de Toto.*) Je suis
avocat, et, tout bonnement ligueur de
La Volonté Franque et président de la section de mon quartier... Mais, vous savez,
à l'occasion tout le monde met la main à la
pâte...

TOTO, *pour dire quelque chose.* — Il y
a longtemps que vous habitez le quartier ?...

LOUCHON. — J'y suis né... Mes parents
avaient la petite boutique de mercerie qui

est presque au coin de la rue de Miromes-
nil... « *Au Bélier Bleu* »... Vous ne voyez
pas ça ?...

TOTO, *de plus en plus refroidi.* — Si, si...
je vois...

LOUCHON. — Moi je me souviens très bien
de vous.... Je vous voyais passer avec le
vieux domestique qui vous conduisait au
lycée...

TOTO, *distrait.* — Parfaitement !... (*Il
louche vers le fond du salon.*)

LOUCHON. — Je ne veux pas vous empêcher de causer avec ces demoiselles...

TOTO, *qui n'aperçoit que ses cousines
Mouchot, et des amies de ses cousines qu'il
connaît comme sa poche.* — Oh !... ça n'est
pas pressé !...

LOUCHON. — Je vous demanderai d'ailleurs de venir me voir... J'aurai quelque
chose à vous faire faire... (*Mouvement de
Toto.*) si cela vous convient, toutefois ?...
Mais d'abord... êtes-vous occupé ?...

TOTO. — Occupé... (*Prudent.*) pas extrê-
mement...

LOUCHON. — Vous faites votre droit ?...

TOTO, *vivement*. — Non !... non !... Je n'ai pas encore fait mon service militaire...

LOUCHON. *Il rit.* — Mais l'un n'empêche pas l'autre !... Enfin, avez-vous du temps libre ?...

TOTO, *de plus en plus prudent*. — Ça dépend...

LOUCHON. — Il s'agirait d'organiser convenablement la vente de *La Volonté Franque* à la porte de Saint-Augustin... Ça ne marche pas comme nous le voudrions... ça fléchit... Je vous expliquerai ce qu'il y aurait à faire... Vous verrez si vous croyez pouvoir vous en charger... La baronne de Van-Birne, qui fait toutes les paroisses pour se rendre compte de la propagande, trouve que Saint-Augustin laisse beaucoup à désirer... Elle souhaiterait que ce fût aussi bien qu'à Sainte-Clotilde, par exemple.. ou encore à Saint-Pierre de Neuilly...

TOTO. — Ah !... elle souhaiterait...

LOUCHON. — Oui... et elle serait très re-

connaissante à qui mettrait un peu d'ordre
dans tout ça...

TOTO. — Comment... la Baronne s'occupe
elle-même de ces choses ?...

LOUCHON. — Certes !... C'est elle d'ailleurs qui fait tout marcher... aussi bien le
journal que les jeunes filles, et les ligueurs
que les Mégottiers... C'est une ardente, une
convaincue, une dévouée...

TOTO, *pompeusement*. — Dévouée au
Roi !...

LOUCHON. — Au peuple aussi... Vous me
direz que le roi et le peuple c'est la même
chose.

LE DUC JEAN DE LA GUERCHE. *Trente-huit
ans. Un beau gas bâti en hercule. Très
grand air.* — Pourquoi voulez-vous, mon
cher Louchon, que ce jeune homme vous
dise cette bêtise ?...

LOUCHON. *Il rit.* — Mais... (*A Toto.*) Le
duc de la Guerche est l'irréconciliable ennemi de *La Volonté Franque*...

JEAN. — Oh ! pas plus ennemi que ça !...
Je n'y crois pas, voilà tout !...

TOTO, *qui regarde le Duc avec admira-*
tion. — Oh !... vraiment !... (*Un léger*
brouhaha se produit.)

JEAN. — Voilà, si je ne me trompe, l'illustre Gaudissart... non, Flambart, qui
s'amène...

TOTO, *à Louchon.* — Vous voulez bien
me présenter ?... (*Il s'apprête à admirer.*)
Il y a si longtemps que je désire connaître
monsieur Jules Flambart... (*Il aperçoit
Flambart.*) Ah !... (*Désappointé.*) C'est
drôle !... je ne me l'imaginais pas du tout
comme ça !...

JEAN. *Il rit.* — On ne se l'imagine jamais
comme ça !...

FLAMBART. *Type sémite très accusé Age
incertain. Couleur brique. Plus large que
haut. Un mélange de marchand de ca-
caouettes et de portefaix. Beaucoup d'aplomb
et de jactance. Il s'avance entouré d'un
groupe de femmes qui font des gestes d'indignation.* — Je lui ai dit son fait, à ce vieil
imbécile !... Je lui ai dit : « Vous êtes un
goitreux, incapable de rien comprendre aux

beautés du socialisme royaliste et intégral...
Vous voulez nous faire sombrer dans votre
ordure, mais je vous promets qu'au cas où
le triangle franc-maçon voudrait installer
l'Empire Juif, il nous trouverait en face de
lui : Moi, l'admirable Peyrolles, l'irréduc-
tible Lélève, l'érudit Combescassiou, et tous
les énergiques champions du royalisme
qui... (*Il continue à parler.*)

TOTO, *vaguement terrifié, cherchant à
comprendre.* — Qu'est-ce qu'il a dit ?...

JEAN. — Faites pas attention ! Il prépare
son article de demain. (*Toto continue à ou-
vrir des yeux ronds.*)

LE JEUNE CAMILLE DE CACHALOT, *dix-sept
ans. Beaucoup de bonne volonté. Intelligence ordinaire. Bas à Flambart qui continue à vociférer.* — Vous savez que la baronne de Van-Birne est là ?...

FLAMBART. *Il s'arrête court.* — Non... je
ne savais pas... (*Le Duc Jean rit.*)

TOTO. — Il a fini ?...

JEAN. — Oh ! non !... Il n'a jamais
fini !... Seulement on l'a averti que ma tante

Van-Birne est là... et c'est la seule personne devant laquelle il n'est pas absolument comme chez lui... Il n'y a pas à dire, elle le gêne aux entournures... heureusement !...

TOTO. — Quelle est cette belle jeune fille, là-bas, à côté de ma petite cousine Mouchot ?...

JEAN, *gentiment.* — Mon Dieu !... je vous avoue que je ne suis pas très ferré sur les jeunes filles royalistes... et que j'ignore également, et la belle jeune fille, et votre petite cousine Mouchot... Je ne viens jamais ici les jours de réunion... C'est à cause de vous que...

LOUCHON, *à Toto.* — Venez... Je vais vous présenter à notre Jules Flambart !... (*Toto s'élance.*) Monsieur Anatole Dubreuil... un nouveau Mégottier...

FLAMBART, *à la fois bon enfant et protecteur.* — Vous voilà des nôtres ?... (*Il passe.*)

TOTO, *à part lui.* — Pas variée, la phrase de bienvenue !... (*Il se dirige vers ses cousines.*)

ADÈLE MOUCHOT, *devenue* DÉLIE, *parce qu'Adèle est « un nom de cuisinière ». Vingt ans. Assez gentille physiquement ; moralement aussi, si elle n'était pas, depuis quelque temps, un peu infatuée du rôle qu'elle croit jouer.* — Ah ! Toto !... Enfin !... Mon oncle a flanché !... Te voilà des nôtres !...

TOTO. — Ah! non!... Assez!... Pas toi!...

DÉLIE. — Qu'est-ce qu'il y a ?...

TOTO. — C'est la quatrième fois qu'on me dit ça ce soir ?...

DÉLIE. — Quoi, ça ?...

TOTO. — Que je suis des vôtres !... Je le sais !...

JOSÉPHINE MOUCHOT, *devenue* FINA *pour la même raison que sa sœur est devenue Délie. Gentille physiquement et moralement. Ne croit pas que c'est arrivé, mais n'ose pas dire qu'elle ne le croit pas.* — Ce vieux Toto!... tu es arrivé à tes fins... T'y voilà!... (*Elle rit.*) Es-tu content, au moins ?...

TOTO, *qui louche vers le groupe des jeunes filles.* — Présente-moi à tes amies !...

FINA. — A quelles ?... Aux petites Gre-

nage ?... (*Toto hausse les épaules.*) aux
Lubin ?...

TOTO. — Tu n'es jamais sérieuse !... Tu
ressembles à Titine...

FINA. — Dame !... On se ressemble de
plus loin...

TOTO. — Puisque tu ne veux pas me présenter, je vais demander à Délie...

FINA. — Pauv' chat !... Si tu crois que
Délie est ici pour s'occuper de sa famille !...
Elle est déjà loin, va, Délie !... (*Toto se retourne et voit que Délie n'est plus là.*) Elle
est retournée à ses occupations !...

TOTO. — C'est quoi, au juste, ses occupations ?...

FINA. — Au juste ?... Ma foi, je serais
bien en peine de le dire... et elle aussi !...
Pour l'instant, elle est là-bas, tiens !... à
prendre des paquets de cartes postales qui
représentent le souteneur Luisant...

TOTO, *abruti.* — Qu'est-ce que tu dis ?...
qui représentent quoi ?...

FINA, *avec simplicité.* — Le souto...

FLAMBART. *Il s'approche lentement.* — (A

Toto.) Vous donnerez votre adresse exacte à monsieur Letors, n'est-ce pas ?...

TOTO. — Monsieur Letors ?... ?... ?...

FLAMBART. — Vous ne le connaissez pas encore ?... *(Il appelle.)* Letors !... *(Un jeune homme un peu frêle et chétif s'approche.)* Voulez-vous prendre l'adresse exacte de Monsieur ?... *(A Toto qui ne comprend pas.)* Monsieur ?... Voulez-vous me rappeler votre nom, s'il vous plaît ?... Je vous prie de m'excuser... mais on me présente tellement de monde...

TOTO. — De rien !... Tot... *(Il se reprend.)* Anatole Dubreuil...

FLAMBART, *avec une certaine impatience.* — Vous demeurez ?...

TOTO. — 12 *bis*, boulevard Malesherbes...

FLAMBART, *à M. Letors.* — Vous ferez envoyer le journal à monsieur Dubreuil... à moins qu'il ne l'ait déjà ?... *(A Toto.)* Vous ne l'avez pas ?... *(Toto ahuri fait un geste vague.)* Non ?... Vous devez lire *Le Barbier*, je parie ?... Ou *Le Français*, deux ordures...

TOTO. — Mais...

FLAMBART. — Ce sont ces misérables journaux qui perdent le sens moral du peuple... (*A Jean, qui a ri.*) Vous dites, monsieur ?...

JEAN. — Rien, Monsieur !... Je me contentais de penser que *Le Français* est un journal un peu élégant pour le peuple...

FLAMBART, *agressif.* — Et après ?...

JEAN, *narquois.* — Un point, c'est tout !... (*Il passe.*)

FLAMBART, *à M. Letors qui est resté immobile devant lui.* — C'est entendu, n'est-ce pas... vous inscrirez monsieur Dubreuil... (*Il va au fond du salon.*)

TOTO, *beaucoup moins intimidé, à Letors.* — Je n'ai pas très bien compris... Qu'est-ce qu'on va m'envoyer ?...

LETOR. — *La Volonté Franque*....

TOTO, *rasséréné.* — Ah !... bon !...

LETORS. — C'est après-demain le quinze !... Je vous ferai envoyer le journal à partir du quinze...

TOTO, *ravi.* — Je vous suis très reconnaissant...

LETORS. — Pour la quittance, vous n'avez pas à vous inquiéter... le facteur la présentera...

TOTO, *refroidi.* — La quittance ?... Ah !... il y a une quitt... (*Letors le regarde d'un air étonné.*) Alors... dans ce cas... voulez-vous la faire adresser à Pap... (*Il se reprend.*) à mon père, je vous prie... (*A part lui.*) Il me reste douze balles des deux cents de l'autre jour... et je ne vois pas P'pa payant un journal qui me serait adressé... même si c'est *La Volonté Franque...*

LETORS, *qui écrit sur un petit carnet.* — Nous disons, monsieur Dubreuil... pas de prénom ?...

TOTO. — Non... c'est inutile...

LETORS, *son crayon en l'air.* — Dubreuil en un ou en deux mots ?...

TOTO, *qui n'a pas compris.* — S'il vous plaît ?...

LETORS. — Avec ou sans particule ?... (*Toto ne répond pas tout de suite.*) un grand D ou un grand B ?...

TOTO, *après un instant d'hésitation.* —

Un grand B... (*Il rougit jusqu'aux oreilles.*)

LETORS. — Je vous remercie... (*Il passe.*)

FINA. — Flambart te l'a collée, hein, sa *Volonté Franque* ?... (*Elle rit.*) Oh !... il sait y faire !...

TOTO. — Où est Fernand ?...

FINA. — Quel Fernand ?...

TOTO. — Montsoreau ?...

FINA. *Elle regarde autour d'elle.* — Je ne le vois pas !... Mais tu le trouveras probablement dans le second salon... Il doit être à flirter avec Hortense...

TOTO. — Quelle Hortense ?...

FINA. — Hortense Lubin...

TOTO, *étonné.* — Oh !... un drôle de goût... C'qu'elle est vilaine !...

FINA. — On s'y fait !... (*Elle rit.*) Le père Lubin a raison, va !...

TOTO. — En quoi, raison ?...

FINA. — Il a coutume de dire : « Ma fille Hortense a les épaules un peu hautes... mais c'est parce qu'il y a un million sur chacune. »... Tu ne le savais pas ?...

TOTO. — Que les petites Lubin ont cha-

cune deux millions de dot ?... Oh ! sapristi
si, je le savais !... On le répète assez souvent à la maison !... Comme c'est les gens
les plus riches que nous connaissions !...
(*Un temps.*) Alors, tu penses que Fernand ?...

FINA. — Oh ! oui... mais ça ne mord
pas...

TOTO, *qui n'admet pas que la petite Lubin
ne soit pas très flattée de flirter avec Fernand.* — Oh !... !.... !... pas possible ! (*Il
aperçoit une femme très jolie et très chic
qui vient d'entrer.*) C'est qui, dis, cette
dame ?...

FINA. — Sais pas !... Oh !... C'est pas
quelqu'un de *La Volonté* !... C'est une amie
sans plus de madame de la Tour-de-Nesle,
probablement... Elle ne se méfiait pas qu'il
y avait une réunion...

TOTO. — Alors, tu peux pas me présenter,
dis ?...

FINA. — A cette dame dont je ne sais pas
le nom ?...

TOTO. *Il hausse les épaules.* — Je te parle

des jeunes filles royalistes... Est-ce qu'il n'y en a pas qui soient des jeunes filles du monde ?...

FINA. — Merci !... (*Elle lui fait une révérence.*)

TOTO, *agacé.* — Je veux dire du grand monde... du Faubourg Saint-Germain...

FINA. — Il y a d'abord la présidente... Je ne sais pas si elle est précisément du Faubourg Saint-Germain pur, pur, pur ?... parce que, pas très *Volonté Franque*, les vrais purs !... Elle a pas un nom qu'on voit dans les livres, mais enfin...

TOTO. — Comment s'appelle-t-elle ?...

FINA. — Mademoiselle de Hautelisse...

TOTO. — Présente-moi ?...

FINA. — Elle n'est pas là... mais on va lire tout à l'heure une dépêche qu'elle a reçue du Duc d'Aquitaine...

TOTO, *extasié.* — Oh !... (*Un temps.*) Pourquoi le Duc lui a-t-il envoyé une dépêche ?...

FINA. — Pour la remercier !...

TOTO. — La remercier !... (*Béant.*) Etre

remerciée par le Duc d'Aquitaine ! ! !.....

UNE JOLIE JEUNE FILLE DE SEIZE ANS. *Elle s'approche de Fina et lui met un paquet dans la main.* — Voilà votre cent que vous n'êtes pas venue prendre...

FINA. — Merci !... Je suis restée là à causer avec mon cousin... J'ai oublié...

LA JOLIE JEUNE FILLE DE SEIZE ANS. — Ces dames tiennent beaucoup à ce qu'on distribue les cartes... Tâchez de distribuer tout votre cent... (*Elle passe.*)

TOTO. — Ton cent de quoi ?...

FINA. — De Souteneurs !... (*Mouvement de Toto.*) Attends !... je vais te montrer... (*Elle sort une carte postale qui représente le Président du Conseil avec un corps de poisson et une casquette à plusieurs ponts.*) Voilà !...

TOTO. — Ah !... Et tu vas distribuer ça à qui ?...

FINA. — Moi ?... à personne !... Mais je serai censée l'avoir distribué à des ouvriers, des domestiques, des pauvres, des fournisseurs, voire des amis..

Toto, *perplexe*. — C'est tout de même raide !... (*Un temps.*) Dis donc ?...

Fina. — Quoi ?...

Toto. — Ben... même maintenant que je suis des Mégottiers... vaut mieux pas parler de ça à la maison, tu sais ?...

Fina. — De quoi ?...

Toto. — Des... Enfin, de ça... (*Il désigne le cent de cartes postales.*)

Fina. — As pas peur !... (*Elle rit.*) Je me rends bien compte que c'est pas ordinaire, va !...

Toto, *un peu estomaqué*. — Ah !... non !... plutôt pas !... (*Il regarde une dame qui entre.*) Cristi !.. voilà une femme encore plus jolie que l'autre !... Qui est-ce ?... (*Fina fait signe qu'elle ne sait pas.*) Comment ?... tu ne sais pas non plus ?... Tu ne sais donc rien !... (*Résolument.*) Je vais demander au Duc... (*Il pique sur Jean.*) Monsieur le D... (*Il se reprend.*) Monsieur... qui est cette jolie dame qui vient d'entrer ?... Et l'autre... là-bas, habillée en vert, contre la fenêtre ?...

JEAN. — Celle qui vient d'entrer, c'est la Duchesse de Joyeuse... l'autre, la Duchesse de Fontevrault... Elles sont sœurs...

TOTO, *médusé.* — !... !... !...

LA VOIX DE LA BARONNE DE VAN-BIRNE, *venant de l'autre salon.* — Et maintenant, Jeunes filles, je vais vous lire la dépêche que le Roi a daigné envoyer à mademoiselle de Hautelisse... (*Murmures de satisfaction.*)

TOTO, *à Fernand qui vient de serrer brusquement la main aux Duchesses de Joyeuse et de Fontevrault.* — Oh !... vous connaissez les deux Duchesses tant que ça ?...

FERNAND. — Comment, tant que ça ?...

TOTO. — Dame !... Vous les secouez comme des pruniers...

FERNAND. — C'est mes cousines germaines...

TOTO, *éperdu d'admiration.* — Oh !... !... (*A part lui.*) Y a des gens qui en ont une, de veine !...

LA VOIX DE LA BARONNE DE VAN-BIRNE. — Voici la dépêche du Roi à mademoiselle de Hautelisse... (*Elle lit.*)

« Très touché des efforts des jeunes filles royalistes, je vous prie de leur transmettre tous mes remerciements.

» Votre affectionné,

» PÉPIN. »

FERNAND, *à Toto qui écoute la bouche ouverte et les yeux ronds.* — Maintenant, je crois que nous pouvons nous tirer !... Vous devez en avoir votre claque...

PREMIERS NUAGES

Chez les Dubreuil.
Dans le salon, après le déjeuner.

TITINE, *au cousin François.* — C'est gentil d'être venu déjeuner !... Il y avait longtemps qu'on ne vous avait vu !...

LE COUSIN FRANÇOIS. — Très longtemps !... au moins cinq jours !... (*Il rit.*) J'ai cherché un précepteur pour Blanche...

PAPA. — Pour Blanche ?...

LE COUSIN FRANÇOIS. — Enfin pour les enfants !... Son mari est tellement occupé par sa politique...

MAMAN. — C'est vrai !... il vient d'être

nommé président d'un comité royaliste...

LE COUSIN FRANÇOIS, *sans enthousiasme.*
— Oui !... Enfin, puisque ça l'amuse !...

TITINE. — Comment, les petits ont déjà
un précepteur ?... (*Plaintivement.*) Pauv's
gosses !...

LE COUSIN FRANÇOIS. — Pourquoi, pauv's
gosses ?... Les garçons ne doivent pas rester longtemps avec des femmes... ça les
abrutit !... (*Mouvement de maman.*) Parfaitement !... (*A bonne-maman.*) Pas, ma
Tante ?...

BONNE-MAMAN. — Oh ! moi !... je suis de
ton avis... mais je suis vieux jeu !... (*Un
temps.*) As-tu trouvé le précepteur de tes
petits neveux ?...

LE COUSIN FRANÇOIS. — Oui... un gentil
garçon, un peu trop timide, un peu trop fin
et instruit aussi pour des crapauds de cet
âge-là, mais satisfait, en somme, d'entrer
chez les Maillane...

TITINE. — Mademoiselle reste tout de
même ?...

LE COUSIN FRANÇOIS. — Mais oui... pour

la petite fille... et pour s'occuper vaguement de la maison... Blanche est tellement prise par toutes ces histoires de *La Volonté Franque*...

BONNE-MAMAN. —— Comment !... elle aussi !... Mais c'est une vraie épidémie !...

LE COUSIN FRANÇOIS. — Vous l'avez dit !... Pour l'instant, elle organise un goûter pour les enfants... Ils ont un tas de nouveaux amis... toujours de par la grâce de *La Volonté Franque !...*

PAPA. — Très souvent nous y voyons figurer le nom de Blanche...

LE COUSIN FRANÇOIS. —— Où ça ?...

PAPA. —- Ben, dans *La Volonté Franque...* (*Il indique le journal qui est posé sur une table.*)

LE COUSIN FRANÇOIS. —— Tiens ! c'est vrai !... Toto en est à présent !... je n'y pensais plus !... Eh bien ?... Est-il content ?...

MAMAN —— Ravi... (*Le cousin François se tourne vers Bonne-Maman qui lui inspire plus de confiance*)

BONNE-MAMAN. — Il en a l'air, toujours !...

MAMAN. — Mais par exemple, ça l'absorbe énormément...

LE COUSIN FRANÇOIS — Il n'est pas là ?...

MAMAN. — Non !... Il a déjeuné avec le jeune monsieur de Montsoreau... son ami... (*Le cousin François sourit.*)

LE COUSIN FRANÇOIS, *à Titine*. — Ça ne te tente pas, toi, *La Volonté Franque* ?...

TITINE. — Pas du tout !...

PAPA, *au cousin François*. — Tu ne sais toujours pas s'ils ont un candidat pour le siège de monsieur de Vyéladage ?...

LE COUSIN FRANÇOIS. — Je ne m'en doute pas !... (*Il louche furtivement sur papa.*) Pourquoi ?...

PAPA, *négligemment*. — Oh ! pour rien !...

LE COUSIN FRANÇOIS. — Mais... s'ils en ont un, *La Volonté Franque* doit en parler ?...

PAPA. — Hier, il n'en était pas question... Je ne lis d'ailleurs pas très régulièrement ce journal... Je ne le goûte pas absolument... Il est un peu spécial... un peu...

LE COUSIN FRANÇOIS. — Inutile d'insister, va, je te comprends !... Tout de même il doit donner les noms des candidats de l'élection d'Indre-et-Cher... (*Il allonge la main vers le journal et regarde machinalement la bande avant de la défaire.*) Tiens !... tu écris ton nom en deux mots, à présent ?... (*Bonne-maman et Titine rient.*)

PAPA, *rouge et embarrassé.* — Ce n'est pas moi... C'est le journal qui l'orthographie ainsi... et comme je ne suis pas abonné... comme c'est gracieusement qu'on me l'envoie... je n'avais pas lieu de rectifier... je...

TOTO, *il entre en coup de vent.* — Titine !... (*Au cousin François.*) Ah !... tiens !... Vous êtes là !... (*Poignées de mains : Puis, Toto entraîne Titine dans un coin.*) Dis donc, ma vieille, tu pourrais pas...

TITINE, *elle achève en riant...* — me prêter vingt francs ?... Impossible, mon bonhomme !... J'ai plus rien !...

TOTO, *câlin*. — Oh !... en cherchant
bien ?...

TITINE. — Plus un radis, je te dis !...
J'avais quatre cents balles... je te les ai
aboulées...

TOTO. — Je te les rendrai...

TITINE. — Dis donc pas d'bêtises !... Non
vrai, vieux Toto, si j'avais encore quelque
chose, je te le donnerais, mais j'ai vraiment
plus rien... rien de rien !...

TOTO, *embêté*. — Nom d'un chien !...
Qu'est-ce que je vais faire ?... (*Geste vague
de Titine.*) Conseille-moi, toi ?... A ma place
qu'est-ce que tu ferais ?...

TITINE. — Dame !... sais pas trop !... Je
demanderais à Bonne-maman...

TOTO, *après un instant d'hésitation.* — Ma
foi, non !...

TITINE. — Alors, je ne vois pas ce que tu
peux faire !... (*Un temps.*) Pourquoi as-tu
besoin de cet argent-là ?...

FERNAND. — Pour... (*Il s'arrête.*) Pour le
banquet de la Saint-Pépin... Il faut souscrire
dès à présent...

JOSEPH, *le domestique des Dubreuil. Il entre doucement.* — Monsieur... le facteur apporte la quittance d'abonnement... Faut-y payer ?...

PAPA. — Quelle quittance d'abonnement ?... d'abonnement à quoi, d'abord ?...

TOTO, *à demi voix.* — Aïe, aïe, aïe !...

JOSEPH. *Il lit le papier qu'il tient à la main...* D'abonnement à *La Volonté Franque*, Monsieur...

PAPA. — Mais je ne suis pas abonné !... il y a erreur...

TOTO. — Mon Dieu, P'pa, il faudrait peut-être payer tout de même ?...

PAPA. — Comment, payer tout de même !... Payer une chose que je dois pas ?... (*Avec énergie.*) Jamais de la vie, par exemple !...

TOTO. — Tu la dois... Nous la devons... (*Mouvement de papa.*) Oui... évidemment... Tu ne dois pas formellement cet abonnement, c'est certain... Seulement... à cause de moi qui suis de *La Volonté Franque*, tu devrais casquer gentiment...

PAPA. — Jamais !... J'ai l'horreur de la carte forcée...

TOTO. — Voyons P'pa !... Pige un peu dans quelle situation tu vas me mettre...

PAPA. — Eh bien, paie !...

TOTO, *suffoqué.* — Que je paie, moi ?... que je... Ah ! non !... Tu n'voudrais pas !...

PAPA, *à Joseph.* — Alors rendez la quittance au facteur...

TOTO. — P'pa !... Je t'en prie, P'pa ?..

PAPA, *paisible et tenace.* — Tu m'as demandé deux cents francs pour les faux frais... Ces deux cents francs je te les ai donnés... Alors il me semble que...

TOTO. — Mais, P'pa...

LE COUSIN FRANÇOIS, *conciliant.* — Voyons Alfred, paie-lui son journal, à ce petit ?...

PAPA. — Un journal auquel je ne comprends rien !...

LE COUSIN FRANÇOIS. — Qu'est-ce que ça fait !... (*Papa se lève en grommelant. Le cousin François croit qu'il va payer.*) A la bonne heure !...

TOTO, *qui connaît mieux papa, inquiet.* — Qu'est-ce que tu vas faire ?... Tu ne vas pas raconter de boniment au facteur, toujours ?...

PAPA. — Toi, fais-moi le plaisir de te mêler de ce qui te regarde, n'est-ce pas ?...

TOTO, *amer.* — Il me semble que ça me regarde un peu !...

PAPA. — Je viens de te le dire... Je déteste la carte forcée...

TOTO. — C'est pas la carte forcée !... c'est...

PAPA. — Quoi donc, je te prie ?...

TOTO. — Comme tu voudras !.. Je m'excuserai à *La Volonté Franque...*

PAPA. — Tu t'excuseras... comment ?...

TOTO. — Dame !... en disant la vérité !... Y a pas deux manières !...

PAPA. *Il sort son porte-monnaie de sa poche et prend un billet qu'il tend à Joseph.* — Tenez !...

TOTO. — .... 'Rci, P'pa !... (*Il se dirige vers la porte.*)

PAPA. — Où vas-tu ?...

TOTO. — Retrouver Fernand qui m'attend...

PAPA. — Où ça ?...

TOTO. — En bas...

PAPA. — Pourquoi n'est-il pas entré ?...

TOTO. — Nous sommes pressés... Nous... (*Il cherche.*) Nous allons à la leçon de Combescassiou...

PAPA. — La leçon ?... Quelle leçon !...

TOTO. — Une leçon sur... Ah ! je ne sais plus !... (*Il ouvre « La Volonté Franque » et regarde.*) sur... Joseph de Maistre...

PAPA. — Je connais !... « Le Lépreux de la cité d'Aoste » !... C'est charmant !... (*Le cousin François rit.*) Pourquoi ris-tu ?...

LE COUSIN FRANÇOIS. — Parce que c'est pas de Joseph, « Le Lépreux de la cité d'Aoste » !... c'est de Xavier... C'est pas la même chose !...

PAPA. — Ah !... (*Il suit des yeux Toto qui s'esquive après une rapide poignée de main au cousin François.*) Il est vraiment très occupé, ce pauvre Toto !... Ces leçons...

comme il dit... ces réunions de toute sorte...
(*Bonne-maman hausse les épaules.*)

LE COUSIN FRANÇOIS. — Lui, il n'a rien à faire... alors, ça ne gêne rien... Mais si vous voyiez le bouleversement que produisent, dans les intérieurs jadis paisibles et familiaux, ces deux fléaux nouveaux, *La Volonté Franque* et les dispensaires !... Je connais des femmes qui ne rentrent littéralement plus chez elles, les unes pour cause de propagande à faire, les autres parce qu'elles ont des malades à soigner... Tout va comme j'te pousse, à la diable... ou pas du tout !... Les enfants sont déchaînés, la maison sale... Ça m'exaspère, quant à moi !...

MAMAN. — Parce que ta nièce pousse la chose à l'extrême... Alors, ça t'agace et tu n'es pas impartial...

LE COUSIN FRANÇOIS. — Possible !... n'empêche que Blanche... que je connais bien puisque je l'ai à moitié élevée... était une exquise petite créature, gentille, simple, amusante, personnelle... dans le genre de Titine enfin !...

TITINE. — Assez !... N'en jetez plus !...
(*Elle rit.*)

BONNE-MAMAN. — Nous l'apercevons plus
rarement, parce qu'elle est très occupée,
mais il me semble qu'elle est toujours à peu
près la même...

LE COUSIN FRANÇOIS. — Pas du tout !...
Elle est en train de devenir, si j'ose dire,
une insupportable petite puante.

MAMAN, *scandalisée*. — Oh ! François !...

LE COUSIN FRANÇOIS. — Parfaitement !...
Elle n'est plus occupée que de réunions, de
discours, d'exhibitions quelconques... Elle
se croit une importance politique... elle
dit : « Le jour où « nous » ferons le grand
coup »...

MAMAN. — Qu'est-ce que ça veut dire ?...

LE COUSIN FRANÇOIS. — Vous ne savez pas
que *La Volonté Franque* doit faire un
grand coup ?...

MAMAN. — Dans quel genre ?...

LE COUSIN FRANÇOIS. — Oh !... elle ne doit
pas dévaliser un coche !... Non !... Elle doit,
par un coup de force, asseoir Pépin III sur

le trône de ses pères, abandonné par eux
à d'autres occupants...

PAPA. — Mais oui !... mais oui, ma bonne
amie... Il n'est question que de ça dans le
journal... N'interromps donc pas François...

LE COUSIN FRANÇOIS. — Oh !... j'avais
fini !...

BONNE-MAMAN. — Je ne sais pas si ce con-
tact avec un tas d'énergumènes est très
bon pour Toto... Il n'a qu'une intelligence
médiocre, ce petit, et...

MAMAN, *vexée*. — Je ne comprends pas,
Maman, comment vous pouvez dire une
chose pareille !... Toto est remarquablement
intelligent et...

BONNE-MAMAN. — Tu es dans ton rôle de
mère... Chacun sait que le hibou trouve ses
petits charmants !... Mais les grands-parents
ont le devoir d'être plus clairvoyants... Eh
bien, Toto est un petit garçon très gentil,
très doux, mais mou comme une chiffe et à
la merci du premier intrigant venu... Il n'a
ni caractère, ni volonté, ni principes... Il
imite, comme un ouistiti, les gestes qu'il voit

faire... Tout ça est très dangereux lorsqu'il faut évoluer sans guide dans certains milieux, un peu à côté, ne vous déplaise...

PAPA. *Il se grimpe.* — Mais *La Volonté Franque* est...

BONNE-MAMAN, *paisible.* — Ne vous hérissez pas, mon cher Alfred... *La Volonté Franque*, il n'y a guère ici que moi qui commence à la connaître... car il n'y a que moi qui lis son journal... Vous, vous êtes un peu comme le critique qui n'allait pas voir les pièces de théâtre dont il devait rendre compte, dans la crainte — disait-il — de se laisser influencer... Vous êtes décidé, maintenant que Toto y est fourré jusqu'au cou, à trouver *La Volonté Franque* une manifestation à la fois pratique et grandiose... alors que, en réalité, c'est le Midi qui bouge... et rien de plus !...

PAPA, *saisi.* — Mais... vous vous trompez absolument... *La Volonté Franque* comprend tout ce que le parti royaliste compte de personnalités intellectuelles, ou aristocratiques, ou politiques... Enfin, tout ce qui a

une valeur quelconque... Elle s'attaque aux
Francs-maçons et aux Juifs...

LE COUSIN FRANÇOIS. — Le malheur, c'est
qu'elle fait leur jeu... Peyrolles est un
songe-creux qui habite dans les nuages,
et qui, s'il lui arrive de descendre sur
terre, n'y vient que les yeux bandés...
Il est d'ailleurs en train d'abîmer, à ce gros
métier, son merveilleux talent qui n'était
pas fait pour la polémique... Quant à Flambart, il nage en pleine boue avec agilité,
mais je me l'imagine difficilement aux cô-
tés du duc d'Aquitaine, si par hasard la Providence le ramenait chez nous...

TITINE. — Oh ! François !... La Providence !... je vous croyais Impérialiste ?...

LE COUSIN FRANÇOIS. — Oui, mon petit !...
Très !... Mais, à défaut de l'Empire, il vaut
mieux n'importe quoi que le Cartel et Cie...
Tout est relatif !...

PAPA, *qui se fouaille pour être convaincu.*
— *La Volonté Franque* est en train de nous
le ramener !...

MAMAN. — Vive le Roi !...

FAPA. — Vive *La Volonté Franque* qui le ramènera par un coup !...

TITINE, *à papa.* — Tu étais moins emballé tout à l'heure pour *La Volonté Franque* !...

PAPA. *Il cherche.* — Tout à l'heure ?... Quand ça tout à l'heure ?...

TITINE. — A l'heure de la quittance d'abonnement... (*Elle rit.*)

PAPA, *vexé.* — Ce n'est pas à elle que j'en voulais... J'étais agacé parce que ton frère aurait dû me prévenir que cet abonnement n'était pas gratuit... ou mieux, il aurait dû le payer lui-même, puisqu'il avait reçu deux cents francs pour ses frais généraux...

TITINE. — Il y a beau temps qu'elles sont boulottées, les deux cents balles !...

PAPA, *vivement.* — Qu'est-ce que tu en sais ?...

TITINE, *d'un air innocent.* — Oh !... j'en sais rien... mais je le suppose... (*Elle regarde maman qui rougit.*)

PAPA, *qui surprend cette rougeur.* — Clémence !... Toto t'a demandé de l'argent ?...

MAMAN, *troublée.* — Mais... je...

PAPA. *Il se dresse debout d'un jet.* — Et tu lui en as donné, je parie ?...

MAMAN. *Elle fond en larmes.* — Oh !... ne me gronde pas... je...

BONNE-MAMAN. — Je ne pense pas que ton mari songe à te gronder... Il doit bien comprendre que si Toto doit évoluer, de par sa nouvelle carrière, dans un certain milieu, il faut qu'il suive le mouvement dans lequel il est entré...

MAMAN, *à travers ses larmes.* — Il a eu besoin d'un habit neuf !...

PAPA. — D'un habit neuf !... (*Il donne sur la table un coup de poing qui fait tout trembler.*) Mais sacrebleu ! ça n'est pas pour aller jeter de l'encre sur la robe d'une dame, ou des fusées puantes sur monsieur Georges Bourbon, ou pour donner des coups de poing à des sergents de ville dans la rue, qu'il a besoin d'un habit neuf, quand le diable y serait !...

TITINE. *Elle ouvre de grands yeux.* — Non !... P'pa qui accepte, sans horreur, cette

idée que Toto donne des coups de poing à
des sergents de ville !... Mais c'est pas possible !... On nous l'a changé dans l'tram-
way...

PAPA, *embêté.* — Je n'accepte pas cette
idée... pas du tout !... C'est en lisant l'autre
jour *La Volonté Franque* que j'ai vu que les
Mégottiers du Prince s'étaient livrés à ces
excès... Mais j'espère, et je veux croire que
l'heure est passée de ces fâcheux errements,
et que c'est sagement et pacifiquement que
dorénavant Toto sera appelé à agir...

TITINE. — Ah ! c' t' égal !... Tu as une
façon pas indignée de parler de tout ça !...
T'en as fait un chemin !... Si *La Volonté
Franque* te mène à la promenade, c'est pas
sans résultat !... Ah ! non !... ça, on peut
l' dire !...

PAPA, *qui ne saisit pas très bien ce que dit
Titine, à maman.* — Dans tous les cas,
Clémence, je t'interdis formellement... formellement, tu m'entends, de donner un
sou à Toto, un seul !... Il n'a besoin de
rien !...

TITINE. — Si... D'abord, tout de suite, il a besoin de vingt francs !...

PAPA, *impétueusement*. — Comment le sais-tu ?...

TITINE, *sans méfiance*. — Parce qu'il me les a demandés... et que j'ai pas pu les lui donner...

PAPA. — Il ne t'a pas dit pour quoi faire ?...

TITINE. — Si... C'est pour le banquet de la Saint-Pépin... on souscrit maintenant...

PAPA, *incrédule*. — Ça existe, la Saint-Pépin ?...

LE COUSIN FRANÇOIS. — Mais oui, voyons, ça existe !... C'est le vingt et un février... C'est bien connu, puisque c'est la fête du duc d'Aquitaine et qu'on la célèbre tous les ans...

PAPA. — Ah ! (*Il réfléchit.*) Titine !...

TITINE, *vaguement inquiète*. — P'pa ?...

PAPA. — Comment se fait-il que tu n'aies pas pu prêter à ton frère les vingt francs qu'il te demandait ?... Qu'est-ce que tu as donc fait de ton argent ?...

TITINE. — ... (*A part elle.*) Patatras !...
aussi j'ai été gourde d'aller dire ça !...

PAPA. — Sans parler de ton livret de la
Caisse d'épargne, tu dois avoir dans ta
petite bourse plus de trois cents francs ?...

TITINE. — Je les avais... mais... j'ai
acheté des choses...

PAPA. — Quelles choses ?...

TITINE, *prudente.* — Des tas...

PAPA. — Mais encore ?

TITINE, *embêtée.* — D'abord une guitare,
que j'ai achetée.

PAPA. — Bon !... mais ça coûte cent cinquante francs, une guitare... quand c'est
ce qui se fait de mieux... Après ?...

TITINE, *perplexe.* — Après... Qu'est-ce que
j'ai donc encore acheté ?...

JOSEPH. *Il entr'ouvre la porte et parle du
seuil.* — On apporte de chez Kreed... (*Il
prononce Kré-é-d.*)

PAPA. *Il cligne de l'œil.* — De chez qui ?...

JOSEPH. — De chez Kré-éd, une redingote
et un pantalon pour monsieur Anatole...
et six gilets blancs... (*Papa se dresse.*)

Est-ce que Monsieur paie maintenant ?...

PAPA, *la mâchoire serrée.* — Combien ?...

JOSEPH. *Il regarde la note qu'il tient dans sa main.* — Douze cent soixante-deux... Monsieur...

PAPA. — J'y vais !... (*Il bondit hors du salon. Le cousin François rit. Maman est tremblante et terrifiée.*)

TITINE. — Patatras de patatras de patatras !... !... !...

LA DAME BLANCHE

*Dans un taxi : Toto et Fernand de Mont-
soreau.*

FERNAND. — Alors, y a pas eu mèche ?...

TOTO. — Y a pas eu mèche...

FERNAND. — Elle n'a rien voulu savoir ?...

TOTO. — C'est pas ça, la pauv' gosse !...
Mais elle a plus rien !... (*Sans aucun re-
mords.*) J' lui ai tout chopé !...

FERNAND. — Moi, j'ai décollé cent francs
de Jean de la Guerche !... C'est pas avec ça
que nous pouvons offrir à souper à Pomponnette...

TOTO. — Évidemment non !... cent francs
pour trois !...

FERNAND. — Pour quatre... puisque c'est Marcelle qui doit amener Pomponnette...

TOTO. — C'est vrai !... (*Il essaie de faire contre fortune bon cœur.*) Eh bien, j'en serai quitte pour... débuter une autre fois... Puisque j'ai été assez godiche pour attendre jusqu'à présent, un peu plus ou un peu moins... (*S'énervant malgré lui.*) Quoique, maintenant que j'y ai pensé... que j'y pense... ça m'embête rudement de... Enfin !... (*Un temps.*) Si nous lâchions le taxi ?...

FERNAND. — Il nous reste encore un dernier essai à faire... (*Il parle au chauffeur.*)

TOTO. — Où allons-nous ?...

FERNAND. — Rue Cujas... « à *La Dame Blanche...* » chez le père Mardochée, autrement dit le père la Dèche...

TOTO. — ?... ?... ?...

FERNAND. — Un vieux brocanteur avec lequel nous pourrons peut-être faire une affaire... Oh ! pas brillante !... mais enfin...

TOTO. — Vous le connaissez ?...

FERNAND. — Pas personnellement... Je n'ai même sur lui que d'assez vagues tuyaux... Je connais sa fille qui est une amie de Marcelle...

TOTO. — Et vous n'avez pas encore essayé de...

FERNAND. — Dame non !... Tout seul je ne peux rien de rien, moi !... Les Montsoreau sont, hélas, trop universellement connus comme étant sans le sou, pour pouvoir taper personne... C'est tout au plus si papa lui-même trouverait de l'argent chez un usurier...

TOTO. — Mais... à quoi est-ce que je vais servir ?... Je vous préviens, dans tous les cas, que je ne saurais pas négocier l'affaire... (*Il regarde filer les rues.*) C'est loin, la rue Cujas ?...

FERNAND. — Très loin !... (*Un temps.*) Pourvu qu'Olympe soit à la boutique, encore !...

TOTO. — Olympe ?... C'est la jeune fille que vous connaissez ?...

FERNAND. — Elle-même !...

TOTO. — L'est jolie ?...

FERNAND. — Trouve pas !... Mais j'ai peut-être tort ... Moi, vous savez, je n'aime que les femmes blondes et roses... Alors dame ! elle est pas précisément dans ma note !... Nous y voilà !.. (*Le taxi stoppe.*)

TOTO. *Il regarde la boutique.* — Oh !... e'que c'est petit !... (*Avec effroi.*) Et laid !... et sale !... (*Fernand entre dans la boutique.*)

TOTO. *Il suit craintivement Fernand.* — Vous êtes sûr que c'est bien ici ?...

FERNAND. — Tout ce qu'il y a de plus sûr... Vous n'avez donc pas vu l'enseigne ?... « *A la Dame Blanche !*... »

TOTO. *Il recule sur le trottoir et regarde l'enseigne.* — Oui... c'est bien ça !... (*Il rentre dans la boutique.*)

FERNAND. — Qu'est-ce que vous avez donc ?... Vous marchez comme si vous marchiez sur des œufs ?

TOTO. — C'est drôle !... J'ai pas l'impression qu'on va nous donner d' l'argent... J'aurais plutôt peur qu'on nous en prenne !...

FERNAND. *Il frappe le plancher de sa canne.* — Eh ! là !... Eh !... Y a-t-il quelqu'un dans la boutique ?...

LE PÈRE MARDOCHÉE *dit* LE PÈRE LA DÈCHE. *Entre cinquante et quatre-vingts ans. Sale, pelé, des cheveux plaqués par mèches qui laissent voir un crâne luisant. Vêtements sordides. Une barbe dans laquelle toute la poussière de la boutique semble accumulée. Il arrive l'air furieux.* — La putique... La putique !... Ça né fus égorchérait bas la puche té tire lé macasin...

FERNAND. — Ah !... Elle est bien bonne !... (*Il regarde moqueusement autour de lui.*) Vous êtes facétieux, monsieur Mardochée...

TOTO. *Il tire Fernand par sa jaquette. Bas.* — Mais... ne croyez-vous pas qu'il faudrait lui parler plus... plus poliment ?...

FERNAND. — Au contraire !... (*Il rit.*) Si je lui parlais poliment, je n'aurais aucun prestige... (*Haut.*) Est-ce que Olympe est là ?...

LE PÈRE LA DÈCHE, *un peu radouci.* — Ah !... Fus gonnaissez ma ville Olympe ?...

FERNAND, *désinvolte.* — Mais oui !... Je suis l'ami d'une amie à elle... Marcelle Timon...

LE PÈRE LA DÈCHE, *avec une certaine considération.* — Ah !... Fus êtes monsié té Montsoreau ?... (*Il avance un fauteuil.*) Asseyez fus tonc, monsié té Montsoreau !...

FERNAND, *avec autorité et désinvolture.* — Nous sommes très pressés... Voici... Je viens vous proposer une affaire... (*Mouvement du père La Dèche.*) Oh !... pas avec moi !... Rassurez-vous !... Avec mon ami, monsieur Anatole du Breuil... dont le père est puissamment riche...

LE PÈRE LA DÈCHE. *Il regarde Toto, puis va lui chercher aussi un fauteuil.* — Vaut foir ça !... vaut foir !... Feuillez fus asseoir, monsié tu Preuil... (*Un temps.*) Où témeure monsié fotre bère ?...

TOTO. — 12 *bis*, boulevard Malesherbes... mais... (*Inquiet.*) pas de bêtises, hein ?... Il est pas au courant...

LE PÈRE LA DÈCHE. — Ché lé bense !... (*Il rit silencieusement.*) Ça né serait bas la

beine té fenir témanter tes vonds au bère
La Tèche si lé baba était au gouránt, bas
frai ?... Mais on sé renseigne tisgrètement ...
C'est vacile !...

TOTO, *bas à Fernand*. — Y m' fait peur,
ce vieux-là !...

FERNAND. — Comment, peur ?...

TOTO. — Oui... il a l'air d'un vieux mal-
faiteur... (*On entend remuer au haut d'un
petit escalier de bois qui est au fond de la
boutique.*)

FERNAND. — Est-ce que c'est votre fille
qui se grouille là-haut ?... (*Il va au pied de
l'escalier et appelle.*) Olympe !... Eh !...
Olympe !...

UNE VOIX UN PEU ÉRAILLÉE. — Qu'est-ce
que c'est qu'y a ?...

FERNAND. — Y a moi, Fernand !...

LA VOIX. — Non !... Pas possible !...
... 'ttendez une minute... V'là qu' j'arrive !... (*On entend dans l'escalier un pas
lourd et Olympe paraît, traînant les pieds
pour ne pas perdre des savates qui veulent
la quitter à chaque marche.*)

FERNAND. — Hip ! Hip ! Hurrah !... (*Il lance en l'air son chapeau. Toto salue très correctement.*)

OLYMPE. *Vingt ans. De taille moyenne, déjà un peu trop grasse. La peau mate, les cheveux noirs, le nez gros, la bouche d'un rouge intense, et de superbes yeux d'un brun velouté avec des cils énormes. Peignoir vieux rose, assez sale et mal attaché. Pas de « soutien » d'aucune sorte, et l'on s'en aperçoit un peu trop.* — En v'là une surprise !...

FERNAND. — N'est-ce pas ?... (*Il voit que Toto regarde Olympe d'un air ravi.*) Mon ami... le vicomte (*Tête du père La Dèche et mouvement étonné de Toto.*) Anatole du Breuil... (*Toto salue profondément.*) un Mégottier du Prince, lui aussi !...

OLYMPE, *qui voit que Toto l'admire.* — Très heureuse, Monsieur !... (*Un temps.*) Alors, vous voilà des nôtres ?...

TOTO, *à part lui.* — Comment ?... Celle-là me dit ça aussi !... (*Haut.*) Mon Dieu oui, Mademoiselle !... (*Ils causent.*)

LE PÈRE LA DÈCHE, *qui regarde Toto d'un*

air désenchanté, poussant le coude à Fernand. — Tites tonc ?... Mécottier et ficomte !... c'est bas drès encurachant bur vaire affaire, fus safez ?... Fus m'aviez tit : Monsié tu Preuil, tout court... et foilà gu'il est ficomte ?...

FERNAND. — Non !... (*Il rit.*)

LE PÈRE LA DÈCHE. — Ah ! pon ! ch'aime mieux ça !... Alors, c'était une varce ?... (*Fernand fait signe que oui.*) Fus safez, monsieur té Montsoreau, né mé vaites bas brendre inudilement tes renseignements si fus fus rentez gompte gu'ils toifent être maufais ?...

FERNAND. — Ils seront excellents...

LE PÈRE LA DÈCHE. — Ché n'ai bas té temps à pertre, fus safez pien ?...

FERNAND. — Prenez tous les renseignements que vous voudrez... je suis bien tranquille... Monsieur du Breuil est un bon bourgeois très riche, et qui, d'autre part, ne laisserait pour rien au monde protester la signature de son fils...

LE PÈRE LA DÈCHE. — Fui !... Et en atmettant gué tut ça soit exact... compien fat-il mé témanter t'archant, lé fils ?...

FERNAND. — Cinq cents balles...

LE PÈRE LA DÈCHE. *Il bondit.* — Cinq cents francs !... Fus n'êtes bas fou ?...

FERNAND. — Pas du tout !... Cinq cents francs, c'est rien du tout pour vous, monsieur Mardochée...

LE PÈRE LA DÈCHE. — C'est beut-être rien tu tut... mais ché né les ai bas... Et buis, qu'est-ce gué il mé tonnerait gomme carantie, cé cheume monsié ?...

FERNAND. — Comme garantie ?... La peau !... (*Mouvement du père La Dèche.*) Vous comprenez que si nous avions des garanties, c'est pas à vous que nous nous adresserions pour emprunter !... Ça serait tout de même un peu trop moule !... Non !... Vous allez donner bien gentiment cinq cents balles à mon ami du Breuil qui vous fera un billet de mille à un mois... Ça vous va-t-il ?...

LE PÈRE LA DÈCHE. — Monsié té Montsoreau, on beut tire gué fus la gonnaissez tans

les cuins... Ça fui, on beut lé tire... Mais ça
n'embêche bas gué ché né beux rien brêter
tant tes bareilles gonditio.s !...

FERNAND, *désinvolte.* — Soit... C'était à
prendre ou à laisser... Nous allons chercher
un prêteur moins exigeant que vous... et
nous n'aurons pas de peine à le trouver...
(*Il regarde Toto qui semble très absorbé par
la conversation d'Olympe.*)

LE PÈRE LA DÈCHE. — Addentez !... Nous
allons pufoir chercher une gompinaison...
Si monsié tu Preuil fulait mé tonner en carantie un meuple guelconque... ou tes peaux
lifres... ou un dapleau.. ou un bédit pichu...

FERNAND. — Parfaitement !... Il va vous
couvrir de perles et de diamants !... Mais si
mon ami avait tout ce que vous prétendez
obtenir en gage, il serait vraiment fou de
s'adresser à vous pour avoir de l'argent...

LE PÈRE LA DÈCHE. — Il a pien un bédit
meuple, foyons, guand lé tiaple y serait ?...

TOTO. — Pas le moindre meuble... Tiens,
à propos de meubles... vous avez là une petite commode de Coromandel qui est jolie.

C'est drôle !... Je parierais que je la connais... Il y a longtemps que vous l'avez ?...

LE PÈRE LA DÈCHE. — Il y a teux churs à
peu près... Ché l'ai achetée à...

FERNAND, *illuminé soudain*. — Je sais où
je l'ai vue, cette commode-là !... ou une
autre qui lui ressemble comme une sœur...
(*Un temps.*) C'est chez la duchesse de Joyeuse
que je l'ai vue !...

LE PÈRE LA DÈCHE. — Ça n'est bas malin,
c'est à elle gué ché l'ai achetée...

FERNAND, *étonné*. — Pas possible !...
Comment êtes-vous allé chez elle ?...

LE PÈRE LA DÈCHE. — Ché l'ai rengontrée
à la salle tes fentes... C'est une drès cholie
tame !... Elle était à l'exbosition d'une
crande fente... On a peau être tans la pro-
cante, on gonnaît guand même les pelles
choses... Ché récartais une bédite gommote
bareille à ça... beut-être un beu moins pelle,
un beu moins bièce unique gué celle-ci ?...
Alors elle s'est arrêtée aussi ét elle m'a tit...
« Qu'est-ce qué ça faut, Monsié, une bédite
gommote comme ça ?... Ché n'ai bas bré-

cisé... ch'ai dit : Ça faut cher... » Et abrès,
elle m'a dit qu'elle en afait une bresque bareille et qu'elle la fentrait folontiers, fu
gu'elle n'afait rien gui allait afec... Et ché
fus grois, qu'elle n'afait rien qui allait
afec... Elle est unique !... Alors, ch'ai fite
gouru chez elle et ch'ai bris la gommote...
C'est qu'il faut fingt-cinq mille francs
gomme un sou, cé meuple-là !...

LE PÈRE LA DÈCHE. -- Bas vingt-cinq
mille à coup sûr . mais cher tut té
même !... Ché né suis bas un foleur !...
Ch'ai tonné guatre mille gomptant !... Il est
un beu apîmé... il a pésoin té quelques bé-
dites rébarations... (*Il ouvre et fait jouer les
tiroirs de la commode.*)

FERNAND. *Il hausse les épaules.* — Elle
a laissé du papier à lettres dedans, la
sotte !...

LE PÈRE LA DÈCHE. --- Tiens !... ma foi
fui !... Elle était tellement bressée té balber
son archent !... (*Il rit.*) Tu choli bapier, ma
foi !... (*Il regarde le papier qui est vert*

*d'eau, timbré d'un O et d'une couronne
ducale en argent.*)

OLYMPE. — Ah ! Chouette !... C'est mon
chiffre !... (*Elle s'empare du papier à
lettres.*) L'est très bath, ce papier-là... y a
pas d'erreur !... (*Elle fouille dans tous les
tiroirs et ramasse le papier et quelques bâ-
tons de cire d'argent.*)

FERNAND, *à Toto.* — Monsieur Mardochée
veut bien, quand il aura pris des renseignements, vous prêter cinq cents balles... (*Toto
le regarde bouche bée.*) Parfaitement !... à
cette seule condition que vous lui ferez un
billet de mille remboursable à un mois...

TOTO, *dont tout le bon sens bourgeois et
pratique se révolte.* — Phuuu !... C'est pas
donné !...

LE PÈRE LA DÈCHE, *paisible.* — Ché n'ai
bas l'hapitute té faire tes cateaux à mes
glients !...

TOTO. — Bon !... bon !... J'accepte les
conditions que vous me faites...

LE PÈRE LA DÈCHE, *un peu vexé.* — Fus
n'êtes bas vorcé, fus safez !... (*Il s'aperçoit*

que *Toto est de nouveau en grande conver-*
sation avec Olympe. A Fernand, avec un
bienveillant mépris.) Récartez-moi ça... Il
rucule au lieu té s'occuper sérieusement té
son archent... Ils sont tus les mêmes, ces
bédits messieurs... (*Un temps.*) heureusement !...

FERNAND. — A quelle heure pouvons-nous
venir demain pour toucher ?...

LE PÈRE LA DÈCHE. — Fers drois heures
ch'aurai les fonds !... Fus bufez fénir à cette
heure-là ?...

FERNAND, *à Toto.* — Venez-vous ?... (*Toto*
absorbé ne répond pas.) Voyons, Toto !...

OLYMPE, *à Toto.* — Ah !... Vous vous appelez Toto ?... C'est gentil tout plein !...
(*Elle lui décoche un regard brûlant.*)

TOTO. *Il s'installe dans le taxi. Il est un*
peu rouge. A Fernand. — Elle est magnifique, cette fille-là !...

FERNAND, *ahuri.* — Vous trouvez ?... (*Il*
le regarde.) Comment ? Est-ce que ?...
vraiment ?...

TOTO. *Il est cramoisi.* — Pourquoi pas ?...

FERNAND. — Ah ! ben ! Si j'avais su, j'aurais pas demandé cinq cents francs par exemple !...

TOTO. — Pourquoi ?...

FERNAND. — Parce que cinquante balles auraient suffi...

JEUX TRANQUILLES

Chez les Maillane, boulevard Richard Wallace à Saint-James.

Un hôtel entouré d'un grand jardin.

Dans un immense hall, sur une table, est préparé le goûter des enfants. A l'autre bout du hall, un billard. Çà et là, piano à queue, divans, canapés, X, S, tête-à-tête, sièges divers, coussins, peaux de bêtes, etc., etc...

MONSIEUR ET MADAME DE MAILLANE *et leurs enfants :* MAURICE, PIERROT *et* MIMI.

LE PRÉCEPTEUR *des garçons.*

Une vingtaine d'enfants de cinq à treize ans. Quelques parents qui les ont amenés et sont en train de prendre congé des Maillane.

M. DE MAILLANE, *quarante ans, distingué, très bien physiquement. Aimable ; de jolies manières un peu surannées.* — Vous voyez que ce petit peuple a de l'espace pour jouer librement ?... Sans compter le jardin, où il peut également s'ébattre en liberté, si le temps le permet...

UNE DES MAMANS. — Ah ! (*Elle avise un aéroplane qui s'étale sur le perron.*) Quel merveilleux jouet !... (*A son petit garçon.*) N'abîme rien, surtout !... ne touche à rien !...

UN DES PÈRES. — De notre temps, il n'existait pas de pareils joujoux... On possédait un cheval de bois, une toupie, un cerceau... et, pour le reste, on avait son imagination !. !... On s'ingéniait à copier la vie... à reproduire les événements contemporains...

UN AUTRE PÈRE. — C'est vrai !... Ainsi, ma génération jouait à l'Affaire Dreyfus...

UN GRAND-PÈRE. — Nous autres, qui vous avons précédés, nous nous contentions de l'attaque de la diligence !... C'était classique !... (*Il rit. Les enfants, qui se sont rapprochés, écoutent avec intérêt.*)

MADAME DE MAILLANE, *trente ans. Blonde, fine, élégante, très jolie.* — Nous, les petites filles, nous mettions en action les livres de madame de Ségur...

UNE MAMAN. — Ou bien nous jouiions au cirque... Nous traversions des cerceaux de papier...

DEUXIÈME MAMAN. — Moi, mon grand-père m'avait parlé d'une célèbre danseuse de corde qui s'appelait madame Saqui... Alors, je tendais partout des ficelles qui faisaient trébucher tout le monde, et j'essayais de marcher dessus...

M. DE MAILLANE. — Nous retardions !... Nos enfants ne sauraient plus s'amuser d'aussi pauvres choses...

LE PRÉCEPTEUR, *vingt-cinq ans. Comme il faut et timide. Nouveau venu dans la maison. Il regarde avec inquiétude les enfants qui grouillent dans le hall. (A madame de Maillane.)* — Je croyais que Mademoiselle serait ici avec moi pour surveiller les enfants ?... Je ne la vois pas ?...

MADAME DE MAILLANE. — C'est qu'elle ré-

pète une tragédie que nous jouons pour la
caisse de propagande de *La Volonté Franque*... Mademoiselle a un petit rôle, et il
était indispensable qu'elle allât répéter aujourd'hui...

LE PRÉCEPTEUR, *très déçu.* — Ah !... Je
regrette beaucoup qu'elle ne soit pas là !...
Je...

MADAME DE MAILLANE. — Elle rentrera de
bonne heure... Mais si, avant son retour,
une des petites filles avait besoin de... n'importe quoi... vous auriez la bonté de faire
appeler la vieille Annette ?... (*Aux enfants.*)
Soyez bien gentils, les Chéris !...

M. DE MAILLANE. — Obéissez bien à monsieur Paul...

MADAME DE MAILLANE. — Ne vous échauf-
fez pas... Jouez à des jeux tranquilles...

LE PRÉCEPTEUR. *Il regarde d'un œil d'an-
goisse les enfants qui commencent à se pour-
suivre et à sauter sur les sièges.* — Est-ce
que vous sortez aussi, Madame ?...

MADAME DE MAILLANE. — Il le faut bien...
Je répète, moi aussi !... Mais je rentrerai

très probablement pour l'heure du goûter...
(*Elle sort suivie de son mari.*)

HENRY. *Treize ans. L'aîné de la bande. Élève du Lycée Janson. Découplé et débrouillard. (Dès que les parents sont sortis.)* — Un ban !... (*Il tape dans ses mains.*) Pan, pan, pan, pan, pan !... Pan, pan, pan, pan, pan !... Pan, pan, pan, pan, pan !... Pan !... Pan !... Pan !... (*Tous les enfants l'imitent.*)

LE PRÉCEPTEUR. *Il se précipite vers deux petits garçons occupés à sauter violemment debout sur les fauteuils qui gémissent.* — Finissez !... Pourquoi sautez-vous ainsi sur ces fauteuils ?...

JACQUES. *Huit ans. Un gros petit râblé.* — C'est exprès !... pour les faire crier !...

LE PRÉCEPTEUR. — Vous devriez choisir un jeu qui...

JACQUES. — Justement ! C'est le chat perché, que nous avons choisi...

LE PRÉCEPTEUR. — Non pas !... un jeu tranquille !... Par exemple... une charade... C'est très amusant !...

HENRY, *méprisant*. — C'est rien vieux jeu, les charades !... Vaudrait mieux une Revue dans ce cas-là !...

MAURICE, *l'aîné des Maillane, enthousiasmé*. — C'est ça !... une Revue !... (*Perplexe.*) Tu sais comment c'est ?...

HENRY. — Plutôt !...

MAURICE, *avec envie*. — T'en as vu ?...

HENRY. — Un peu !...

JEANNE. *Douze ans. Élégante et futée*. — Moi aussi, j'en ai vu !... J'ai vu celle des Folies-Bergère !... Y a des chiens savants... et des hercules... et des ballets !...

SUZANNE, *avec admiration*. — Oh !... des ballets !... Faisons une Revue avec des ballets !...

HENRY. — Faudrait des costumes ?...

MAURICE, *résolument*. — On en trouvera !...

LE PRÉCEPTEUR, *effaré*. — Mais pas du tout !... les costumes sont inutiles !...

LOUIS, *onze ans*. — Ça se passe sous quel règne, une Revue ?...

HENRY. *Il hausse les épaules*. — Sous pas

d'1 gne !... Sous maint'nant !... Nous allons faire défiler les faits du jour... (*Un temps.*) J'les connais tous, les faits du jour !...

PLUSIEURS GOSSES, *admirativement.* — Oh !...!...!...

HENRY. — Bonne-maman a mal aux yeux... alors elle me fait lui lire son journal... Voyons ?... J'suis l'Compère !...

JEANNE. — Moi la Commère, si vous voulez ?...

MIMI DE MAILLANE. *Sept ans. Un amour.* — C'est un baptême ?... (*Personne ne lui répond.*)

HENRY, *à Jeanne.* — Oui, vous la commère... Ça biche !... Voyons ?... Nous allons commencer par la grève des Banques...

LE PRÉCEPTEUR, *inquiet.* — Mais...

HENRY. — Et puis, nous ferons le Général Sarrail en Syrie... Et puis les concours du Conservatoire... et le grand coup des Mégottiers du Prince... et l'léopard qui se sauve... et les cambrioleurs de bijouteries...

LE PRÉCEPTEUR, *abruti.* — Je m'oppose
formellement à...

HENRY, *sans s'occuper de l'interruption.*
— Distribuons les rôles !... (*A Lucie.*) Vous,
vous serez la Grève ?...

LUCIE, *dix ans.* — Est-ce qu'elle est jolie,
la Grève ?...

HENRY, *bourru, se prenant au sérieux.* —
L'est comme elle est !... Vous avez qu'à
vous avancer... comme ça... en tapotant
vot' robe pour l'envoyer en arrière... Et
puis, vous chanterez : « Je suis la
Grè-è-è-ve !... »

LUCIE, *consternée.* — Ça va être difficile !...

HENRY, *à Fred.* — Toi, tu seras Doriot...

FRED, *neuf ans.* — Qu'est-ce que j'dois
faire ?...

HENRY, *affairé.* — On te l'dira !... Toi,
Loulou, t'es l'Général Sarrail... toi, Jean,
un vrai pour le remplacer... Vous, les
tout petits, arrivez ici!... (*La théorie des
Toutou, Coco, Lulu, Fifi, Poupou, Zézette
et Vava, entre cinq et huit ans, s'avance tu-*

multueusement.) Vous, vous êtes les Mégottiers du Prince !...

coco, *fier de son emploi, repoussant les
petites filles.* — Pas vous !... Pas vous !...
Seulement les garçons !...

HENRY. — Mais si !... mais si !... Y a des
dames !... Toi, Gaston, tu es monsieur
Painlevé, le Président du Conseil...

GASTON, *flatté de tant de gloire, mais inquiet de la façon dont il remplira son rôle.*
— Qu'est-ce que je dirai ?... J'suis sûr
qu'ça va être d'un compliqué ?...

HENRY. — Pas du tout !... T'as seulement qu'à t'trotter d'vant les Mégottiers...
après avoir déclaré qu'c'est pac' qu'y sont
trop puissants qu'tu t'carapates... Moi
j'vais t'faire ton discours !... Albert !...
Amène-toi ?... T'es m'sieur Schrameck...

ALBERT, *neuf ans, grognon.* — J'veux
pas !...

HENRY, *menaçant.* — Pac' que ?...

ALBERT. — Pac' qu'on répète tout le
temps à la maison qu' c'est un sale type...
Alors... j' veux pas être lui...

HENRY, *péremptoire.* — Tu nous embêtes !... Maintenant, venez tous !... J'vais vous dire à chacun c' qu'y faut qu'vous fassiez... *(Les enfants sont rassemblés autour d'Henry comme des boules autour d'un cochonnet. Silence relatif. Le Précepteur prend un journal et se met à lire. Une des petites filles s'avance, l'air honteux, et lui parle bas à l'oreille.)*

LE PRÉCEPTEUR. — Comment ?... *(Il cligne de l'œil.)* Je n'entends pas ?... *(Embêté.)* Ah ! parfaitement !... Eh bien, mais... je... *(A part lui.)* Je vais la conduire à la vieille Annette !... *(Il sort avec la petite fille. Au bout d'un instant la représentation commence. D'abord, il y a un semblant d'ordre, mais bientôt le Compère est totalement débordé. Chacun veut jouer « pour lui-même », sans se préoccuper en rien du voisin et sans attendre son tour. Les enfants se ruent les uns sur les autres, se battent, chantent et hurlent. On entend la trompette, le tambour, des couplets et des cris d'animaux divers. Un groupe d'enfants,*

montés sur le piano, au milieu des vases de
fleurs et des statuettes, le font avancer sur
ses roulettes comme un bateau marche à la
perche, en poussant à terre avec des balais.
Les roulettes laissent un sillon ébouriffé
dans le tapis. Les vases oscillent. Dans le
jardin, les enfants ont pris le seau de goudron et le gros pinceau qui servent au jardi-
nier pour goudronner les branches coupées
ou les arbres malades, et une des petites
filles badigeonne rageusement, d'abord un
buste en marbre de Lamartine posé sur une
colonne, ensuite une Polymnie entourée de
rhododendrons dans un angle du hall. La
petite qui chante : « Je suis la Grè-è-è-ve!... »
essaie vainement de couvrir la voix de l'é-
lève du Conservatoire qui dit le songe d'A-
thalie.

LE PRÉCEPTEUR. Il revient, tenant par la
main la petite fille qui sourit d'un air heureux, et s'arrête terrifié de ce qu'il aperçoit ! — Arrêtez !... Assez !... Descendez !...
(Il s'élance d'abord vers le piano, qui est en
train de traverser le hall, et saisit un des

enfants par la jambe pour le faire des-
cendre.) Qu'est-ce que vous faites ?...

LOULOU, *assez fier.* — L'aide de camp du
Général, que j' fais !... *(Il reprend son rôle*
sans plus s'occuper du précepteur.) (Et le
piano continue d'avancer.)

LE PRÉCEPTEUR, *retirant ses pieds pour*
éviter les roulettes. — Mais vous allez tout
démolir !... *(Énervé.)* Allons !... Voilà qui a
assez duré !... *(Il parvient à faire descendre*
l'aide de camp et un des bateliers auquel il
enlève son balai, et cherche à attirer à lui un
petit garçon qui reste assis en tailleur à l'ar-
rière du piano.) Mais qu'est-ce que vous
faites là, sapristi !...

LOULOU. *Un gros réjoui.* — Moi, j'suis
l'Général Sarrail !... J'ai rien à dire qu'à
pas bouger... C'est tout mon rôle !...

LE PRÉCEPTEUR, *exaspéré.* — Vous allez
finir par crever le piano !... Allons !... descendez !...

LOULOU, *tenace.* — On m'a dit d'attendre
sans bouger... jusqu'à c'que m'sieu Painlevé vienne lui-même m'chercher...

LE PRÉCEPTEUR. — *(Il le prend et le pose à terre. En se retournant il voit le buste barbouillé.)* Mon Dieu !... Monsieur de Lamartine... Et la Polymnie !... *(Il aperçoit Vava, qui, son seau de goudron à la main, tente, à l'aide d'une table, l'escalade de la cheminée dans l'espoir d'atteindre « L'Amour au Silence » de marbre blanc qui surmonte la pendule.)* — Oh !... *(Il s'élance et fait dégringoler Vava, qui le griffe, et renverse sur elle une notable portion du goudron.)*

VAVA. *Six ans. Rageuse.* — Voul'-vous m'lâcher, méchant !...

LE PRÉCEPTEUR, *éperdu, cherchant à éponger avec son mouchoir le goudron qui ruisselle sur la belle robe de Vava.* — Une petite demoiselle !... se mettre dans des états pareils !... S'il est possible !... *(Il reçoit un coup de pied, que lui allonge Loulou tapi sous une table, et qui lutte contre des enfants qui veulent le forcer à sortir de sa cachette.)* Sacrrr !... *(Au petit garçon.)* Mais sortez donc de là !...

LOULOU. *Il est tassé en boule et allonge de

temps à autre un coup de pied mou. — Sortir ?... Jamais !... C'est moi l'Général Sarrail. On m'a dit : « Reste là, on te touchera pas... pac'que, Sarrail, on y touche jamais »... pis on m'touche... C'est pas d'jeu... C'est triché !... Touchez pas !... C'est moi Sarrail, vous avez pas l'droit !...

LE PRÉCEPTEUR. *Il se retourne affolé en entendant derrière lui des hurlements vraiment effroyables, et se précipite vers un petit garçon qui a la bouche enfouie dans un verre de lampe.* — Mais finissez donc !... Vous n'êtes pas fou ?...

HUBERT. *Un petit maigre pointu.* — C'est moi l'léopard qu'on tue... Alors j'pense que j'ai p't'être l'droit d'gueuler !...

LUCIE. *Elle chante à tue-tête.* — Je suis la Grè-è-è-è-ve !...

LE PRÉCEPTEUR. *Il regarde avec inquiétude un chapeau bleu qui coiffe Lucie.* — Où donc avez-vous pris ce chapeau ?...

LUCIE. — J'l'ai pas pris !.... C'est Maurice qui m'la donné !... C'est à sa maman!...

LE PRÉCEPTEUR, *terrifié.* — !...!...!...

L'ÉLÈVE DU CONSERVATOIRE. — *Elle débite
à pleins poumons :*

Mais je n'ai plus trouvé qu'un horrible mélange
D'os et de chair meurtris et traînés dans la fange..

LUCIE. — Je suis la Grè-è-è-è-ve !...

HENRY, *qui continue à annoncer cons-
ciencieusement, au milieu du bruit, les nu-
méros de la « Revue ».* — Le discours de
Monsieur le Président du Conseil!... (*A
Gaston.*) Vas-y donc !... C'est toi qu'est
m'sieur Painlevé...

GASTON. *Il récite, très troublé.* — On voit
des troubles au sein du pays... des atmos-
phères d'électricité...

HENRY. *Il souffle.* — Mais non... d'hostilité...

GASTON, *essoufflé.* — D'hostilité... et le
gouvernement a besoin de calme pour...
(*Il bafouille.*) pour...

LUCIE. — Je suis la Grè-è-è-è-ve !...

L'ÉLÈVE DU CONSERVATOIRE. — :

Des lambeaux pleins de sang et des membres affreux,
Que de chiens dévorants se disputaient entre eux.

HENRY. *Il annonce toujours.* — Monsieur Painlevé mis en déroute par les Mégottiers du Prince qui ont enfin fait leur coup !... Allez-y !... Roulez les tambours !...

LE PRÉCEPTEUR, *les mains sur ses oreilles.* — Assez !... nom d'un chien !... Assez !... (*Il reçoit dans le dos une poussée formidable.*) Allons bon !... Qu'est-ce que c'est encore que ça ?... (*Il s'arc-boute.* LULU, POUPOU, COCO, MIMI, TOUTOU, ET VAVA *ruisselante de goudron, qui roulaient derrière Gaston leurs petits corps grassouillets, s'arrêtent court.*)

LUCIE. *Elle hurle en faisant osciller le chapeau bleu de madame de Maillane.* — Je suis la Grè-è-è-è-ve !...

VAVA, *que l'inaction embête et qui trouve qu'elle a mieux à faire que d'écouter des paroles vaines.* — Ousqu'est mon pinceau ?...

LE PRÉCEPTEUR. *Il bondit.* — Ah !

non !.. Non !... Pas ça !... (*Il se met au dia-pason.*) N'en faut plus !... (MADAME DE MAILLANE ET MADEMOISELLE *paraissent à la porte du hall et s'arrêtent horrifiées.*)

ZIZANIE

Chez la vieille Duchesse de la Guerche.

Un hôtel ancien rue Barbet-de-Jouy.
Grand jardin. Vieux arbres. Parterres
français. Fleurs admirables. Fontaine de
marbre. Pelouses de velours vert. Allées
étroites. Une étonnante impression de
« campagne. »
L'hôtel est analogue au jardin. Apparte-
ments de six mètres de hauteur. Pièces im-
menses. Boiseries superbes. Dessus de
portes de Clodion. Parquets et dallages mer-
veilleux. Rampes de fer forgé, etc., etc.

LA DUCHESSE DE LA GUERCHE *est la mère*
du Marquis de la Tour-de-Nesle, qu'elle a eu

d'un premier mariage, et du DUC DE LA
GUERCHE *qui vit avec elle.*

*Elle est la belle-mère de la Marquise de
Nesle, née Diane de Montsoreau, et la
grand'tante des petites Duchesses de
Joyeuse et de Fontevrault, nées Xaintrailles.*

*C'est aujourd'hui vendredi, le jour où la
duchesse reçoit. Il est trois heures.*

LE DUC JEAN DE LA GUERCHE. — Vous m'a-
vez fait demander, Maman ?...

LA DUCHESSE. *Soixante-douze ans. Très
simple. Grande et maigre. Les cheveux tout
blancs. Franchement « vieille dame. » Indépendante et sincère. A des sympathies et des
antipathies violentes, et ne dissimule ni les
unes ni les autres.*

*N'a ni auto, ni téléphone. Déteste tout ce
qui est vilain, inharmonieux et inélégant. A
l'horreur du progrès, et du Paris affreux
d'aujourd'hui. Passe à la campagne, en
Bretagne, une grande partie de l'année.* —
Oui, mon petit !... Je voudrais savoir si
vraiment Diane s'est tenue hier à cette au-

dience de la police correctionnelle comme
le racontent les journaux ?...

JEAN. — Oui !...

LA DUCHESSE. — Tu y étais ?...

JEAN. — J'y étais !...

LA DUCHESSE. — Elle a crié aux Mégottiers : « Hardi !... Ksss !... Ksss !... Hardi
les fieux ! »

JEAN. — Elle l'a crié...

LA DUCHESSE. — Elle est folle !...

JEAN. — Elle n'est pas très équilibrée
quand *La Volonté Franque* est en jeu !...

LA DUCHESSE. — C'est grotesque, ces histoires-là !...

JEAN. — Un peu !...

LA DUCHESSE. — Comment Hubert laisse-
t-il Diane se lancer là-dedans à corps
perdu ?...

JEAN. — Hubert est très occupé de son
comité... Il aime la tranquillité et il adore
sa femme... Alors comme, au fond, elle ne
fait aucun mal...

LA DUCHESSE. — Ah ! Tu trouves ça,
toi !...

JEAN. — Mais dame, oui !...

LA DUCHESSE. — Elle fait du mal au parti,
toujours !... Et ce parti est celui auquel ton
frère a consacré sa vie entière et une bonne
portion de sa fortune...

JEAN. — ...

LA DUCHESSE. — Tu ne réponds rien ?...
Comment ne comprends-tu pas que *La Volonté Franque* en général, et les Mégottiers
en particulier, sont en train de casser les
reins au duc d'Aquitaine... qui n'avait vraiment pas besoin de ça !...

JEAN. — Je le comprends très bien, Maman, mais ça m'est si égal !...

LA DUCHESSE. — Ah !... (*Un temps.*) A
moi aussi, au fond... Mais ce qui ne m'est
pas égal, c'est que ma belle-fille, que j'aime
beaucoup, se rende ridicule... Car elle l'est,
ridicule ?...

JEAN, *paisible.* — Elle l'est, ça ne fait pas
question...

LA DUCHESSE. — Ce que tu m'agaces, toi,
avec ton calme !...

JEAN. — Mais, Maman, tout ça ne me regarde pas du tout !... Diane n'est pas ma femme... heureusement !...

LA DUCHESSE. — Pourquoi, heureusement ?... Je croyais que tu l'aimais beaucoup ?...

JEAN. — Beaucoup !... Autant, je crois bien, que si elle était ma sœur pour tout de bon... Mais je dis « heureusement qu'elle n'est pas ma femme ! »... ni elle ni une autre... « Heureusement » s'applique, non pas à Diane, mais à la femme !...

LA DUCHESSE. — Tu ne te marieras pas?... Tu y es toujours décidé ?...

JEAN. — Ah ! j'vous crois !... Plus décidé que jamais... Et l'éclosion de *La Volonté Franque* a encore fortifié ma décision... C'est vrai !... Quand je vois à quel point les femmes... même les meilleures... peuvent être exagérées, et mouches du coche, et détraquées, et ridicules, et embêtantes, je me dis que « l'homme seul » a une bigre de veine d'être seul...

LA DUCHESSE. — Mais tu adores les enfants !...

JEAN. — J'ai des neveux délicieux...
et qui ne sont pas d'âge à être Mégottiers...

LA DUCHESSE. — Diane m'en veut, je
crois, un peu, de ne pas recevoir ses amis de
La Volonté Franque... mais je n'en ai vraiment pas le courage... Ce Plumard m'horripile quand par hasard je l'aperçois chez
elle...

JEAN. — Quel Plumard ?...

LA DUCHESSE. — Tu sais bien, ce gros...
bruyant... qui semble tout mener...

JEAN. — Vous voulez dire Flambart ?...

LE COMTE DE LATUDE *entre. C'est un
grand vieux bonhomme qui a très bon air.*
— Qui est-ce qui parle de mon ennemi ?...
(*Il rit.*)

LA DUCHESSE. — Monsieur Flambart est
votre ennemi ?...

M. DE LATUDE. — Il paraît !... Il me
trouve vieux jeu et encombrant... Il voudrait m'exclure des réunions que je suis
chargé par Monseigneur de présider... Vous
ne lisez pas ses articles ?...

LA DUCHESSE. — Pas souvent... (*Un temps.*) Vous avez des nouvelles ?...

M. DE LATUDE. — Bonnes... Monseigneur le duc d'Aquitaine va beaucoup mieux... On ne publie plus de bulletin... Dans quinze jours tout sera fini...

JEAN. — Ah ! voilà qui ne va pas faire l'affaire des petites demoiselles royalistes !... Plus de dépêches à envoyer pour attester l'intérêt que l'on prend à la santé du Roi... Quel coup !...

M. DE LATUDE. — Pour l'instant, ça redouble !... Ce malheureux Aubry n'arrive plus à répondre à tous les télégrammes...

JEAN. — C'est égal, faut un sacré culot, et une ignorance absolue des usages, pour envoyer une dépêche, soit de condoléance, soit de congratulation, soit de n'importe quoi, à des souverains !... Je ne me vois pas envoyant une dépêche à Monseigneur...

M. DE LATUDE. — Oui, mon petit Jean, mais vous vous êtes bien élevé, et traditionnellement monarchiste... alors vous savez ce qui se fait ou ne se fait pas en pareil cas... De même que vous avez ce qui manque... et pour cause... aux néophytes de *La Volonté Franque*, le sentiment des distances...

CORYSE DE XAINTRAILLES, DUCHESSE DE FONTEVRAULT. *Vingt ans, blonde, fraîche, ravissante. Elle entre en coup de vent.* — Bonjour, Tante !...

JEAN. — Ah !... voilà Coryse !... Tu n'es pas de *La Volonté Franque*, toi !... A la bonne heure !...

CORYSE. — Qu'est-ce que je ferais là-dedans, Seigneur !... On a déjà assez d'occasions d'être ridicule sans le savoir !... Mais... à propos de quoi me dis-tu ça ?...

LA DUCHESSE. — Parce que nous parlions, quand tu es entrée, des petites jeunes filles qui envoient des dépêches au duc d'Aquitaine à l'occasion de sa maladie...

CORYSE. — Oui... J'ai vu ça !... C'est rigolo !... Elles font la joie de Pierre, ces dépêches !... Tous les jours après le déjeuner, il les lit, et il me dit : « Hein, crois-tu qu'il doit être flatté, le duc d'Aquitaine, d'apprendre que les jeunes filles royalistes de Loir-sur-Treille, ou de La Touque-en-Haie ont prié pour que sa jugeotte redevienne comme avant...

M. DE LATUDE, *saisi.* — Oh !... sa jugeotte !...

LA DUCHESSE. — Coryse, voyons, ma petite !...

CORYSE, *qui est devenue toute rouge.* — Pierre dit sa jugeotte... parce que nous sommes seuls... Il est évident que s'il y avait du monde, il ne... Mais j'aurais pas dû raconter ça devant monsieur de Latude... J'ai manqué de tact !... J'ai oublié qu'il est le Président des comités de Monseigneur et que...

MONSIEUR DE LATUDE, *qui est un peu revenu de son effarement.* — Cela ne fait rien, Madame, rien du tout !... Je connais votre dévouement pour Monseigneur, et...

CORYSE, *gentille et sincère.* — Oh ! quant à ça, le duc d'Aquitaine pourrait compter sur Pierre s'il lui plaisait un jour... que l'on ne voit pas poindre, d'ailleurs... de faire casser la margoulette à ses partisans... (*Jean rit. M. de Latude est hésitant.*)

LA DUCHESSE. — En vérité, mon petit enfant, tu as des façons de dire qui déconcertent un peu les vieux jeu comme mon ami Latude et moi...

CORYSE. — Pardon, Tante !... Grondez pas !...

LA DUCHESSE. — D'ailleurs... formules à part... vous êtes, ton mari et toi, dans le vrai... Du dévouement et pas de protestations...

CORYSE. — Oui... mais c'est que, nous, ça ne nous causerait aucun plaisir de voir notre nom dans un journal, au bas d'une dépêche de félicitations à des grosses légumes quelconques... Tandis que mademoiselle Joséphine Trouillon, par exemple, qui envoie aujourd'hui une dépêche au nom des jeunes filles carlovingistes de Bouzy-sur-Bièvre, doit être éperdue d'orgueil et convaincue qu'elle éblouit les populations...

JEAN. — Et quand elle recevra une réponse donc !... une réponse signée : « Votre affectionné Pépin. »

CORYSE. — Tu n'voudrais pas ?... C'est bon pour Clotilde de Hauvelisse, ou quelque autre vraiment connue des Princes, « l'affectionné Pépin »... La petite demoiselle Trouillon recevra tout bêtement un modeste : « Suis chargé de remercier les jeunes filles royalistes de Bouzy-sur-Bièvre de leurs prières pour Monseigneur... *Signé :* AUBRY. » Enfin !... il y aura toujours quelqu'un dont ce remerciement incolore fera le bonheur...

LA DUCHESSE. — Qui ?...

CORYSE. — Ben, Pierre !... Il s'amuse de tout ça comme un gosse !... Il s'esclaffe... il dit : « J' la vois, la petite bécasse qui a écrit ça !... J' suis sûr que j'devine comment elle a l'piton fait ! » (*La duchesse hausse les épaules.*) Oh !... je sais bien ce que vous pensez allez, Tante !... Vous pensez que si les demoiselles aux télégrammes nous voyaient, elles trouveraient que nous avons pas des manières ducales...

LA DUCHESSE. — En effet...

CORYSE. — On peut pourtant pas toujours s'embêter sous prétexte qu'on est de grande maison !... Nous ne sommes que nous deux, Pierre et moi, quand nous rigolons des dames de *La Volonté Franque* et de leurs messages...

JEAN. — Elles me rappellent le régisseur de monsieur Ménier, à Anticosti, qui avait envoyé une dépêche de condoléances à Édouard VII quand la Reine Victoria est morte...

CORYSE, *à M. de Latude.* — Pourquoi ne leur dites-vous pas, vous, Monsieur, aux demoiselles royalistes, qu'on doit laisser les Princes tranquilles et qu'elles manquent de tact...

MONSIEUR DE LATUDE. — Mais, Madame... outre que je n'ai pas qualité pour faire à ces demoiselles de telles observations... je suis, personnellement, en termes assez froids avec *La Volonté Franque*... Je trouve sa façon de provoquer le désordre purement déplorable, et il me paraît que cette frac-

tion du parti, choisit de très misérables al-
liés et affiche des sympathies plutôt lou-
ches... Quant aux Mégottiers, c'est, à ce
qu'il me semble, de petits polissons... et je
crains fort que leurs agissements ne pro-
fitent à ces francs-maçons et à ces Juifs
qu'ils affectent de combattre bruyamment,
mais qu'ils détestent peut-être moins réel-
lement que je ne les déteste moi-même...
Ils ont, d'ailleurs, leurs francs-maçons et
leurs Juifs d'élection auxquels ils font, qui
de la réclame, qui des articles nécrologiques
superbes...

CORYSE. — Je sais ce que vous voulez
dire, pour l'article nécrologique... Mais
c'était un cabot et, comme tel, il avait droit,
Juif ou pas, à toutes les sympathies de *La
Volonté Franque*... car, en fait de caboti-
nage...

JEAN. — Mais tu l'apprends donc par
cœur, *La Volonté Franque ?*...

CORYSE. — Non !... mais nous la parcou-
rons tous les jours !... C'est pas amusant
de ne lire que les journaux qui sont de l'avis

qu'on a soi-même... Je trouve même ça idiot !...

JEAN. — Moi aussi !...

LA DUCHESSE. — Ta sœur ne vient pas?...

CORYSE. — Odette... Elle doit être chez madame de Van-Birne... pour lui raconter un tas de choses... parce qu'il y a eu du grabuge... toujours à propos de *La Volonté*... Sa belle-mère s'est fâchée...

LA DUCHESSE, *inquiète*. — Contre elle ?...

CORYSE. — Pas précisément... mais contre... (*La Duchesse de Joyeuse entre.*) Elle va vous dire ça elle-même... Elle est en possession de son sujet, allez, Tante !...

ODETTE DE XAINTRAILLES, DUCHESSE DE JOYEUSE. *Vingt-deux ans. Aussi brune que sa sœur est blonde, et, comme elle, gracieuse, drôle, élégante et très jolie.* — Blague, va !... (*A la duchesse.*) Bonjour, Tante !... C'est excessivement embêtant ce qui m'arrive... Oh !... pardon, monsieur de Latude, je ne vous voyais pas !... Je suis ahurie !... Ma belle-mère est furieuse... Elle a d'ailleur. absolument raison !...

JEAN. — Pour que tu en conviennes, il faut que ce soit joliment vrai !...

ODETTE, *à Jean.* — Bonjour, toi !... Oui... Elle a raison !... Tout ça, c'est la faute de Diane... (*Diane de la Tour-de-Nesle entre, suivie de plusieurs très jeunes gens, presque des enfants, parmi lesquels son frère, Fernand de Montsoreau. Il arrive aussi d'autres personnes, mais des parents et des amis intimes seulement. Bonjours, poignées de main, etc. Odette s'élance vers Diane.*) — Ah ! te voilà, toi !... Tu m'as fait faire une jolie chose !...

DIANE. — Quoi ?... Qu'est-ce que je t'ai fait faire ?...

ODETTE. — Tu m'as donné un paquet de cartes postales à faire distribuer au dispensaire d'enfants de ma belle-mère... à faire distribuer aux parents par les petites jeunes filles qui soignent leurs enfants... Des petites jeunes filles du meilleur monde !... Tout ce qui se fait de mieux en jeunes filles...

DIANE, *calme et souriante.* — Eh bien ?...

ODETTE. — Eh bien, tu ne les avais pas regardées, ces cartes ?...

DIANE. — Mais si...

ODETTE, *ahurie*. — Tu savais ce qu'il y avait dessus ?...

DIANE. — Mais naturellement...

ODETTE, *interloquée*. — Oh !... Oh !... par exemple !...

LA DUCHESSE, *inquiète*. — Qu'est-ce qu'il y avait ?...

ODETTE. — Tante !... je vous fais juge ?... Il y a le ministre de... enfin un ministre, je suis pas très ferrée, vous savez... C'est un poisson... (*Mouvement de la Duchesse.*) Oui... rien que le poisson, ça vous fait déjà sauter, pas ?... Ben, c'est rien !... Il est en poisson... avec une grande casquette !... (*Elle élève sa main au-dessus de sa tête.*) une casquette comme ça !... et, au bas de la carte : « *Le souteneur Thémistocle Luisant.* »

LA DUCHESSE, *effarée*. — Oh !...

ODETTE. — Je pensais bien que ça allait vous épater !... Ben, ça a fait le même effet

au docteur Roland !... Il y a une des petites
qui est venue lui mettre ça sous le nez, gentiment, avec une bonne frimousse... elle sa-
vait pas, la pauv' gosse !... en lui disant :
« Qu'est-ce que ça veut dire, Docteur ?... »
Vous imaginez sa tête, au Docteur ?... Et
celle de ma belle-mère, donc !...

LA DUCHESSE. — Le fait est qu'elle a dû
être...

ODETTE. — Tuée. parbleu !... Elle était
tuée !... Alors vous pensez si j'ai pris quelque chose !... D'autant plus que je ne trouvais rien à dire...

DIANE. — Pourquoi ne pas dire la vérité ?... Il fallait dire que c'était moi qui...

ODETTE. — J'ai pas osé !... Tout le monde
est déjà déchaîné contre toi à cause de
ton histoire d'hier à la police correctionnelle...

LES PETITS JEUNES GENS, *en chœur*. —
Madame de La Tour-de-Nesle a été su-
blime !...

— Admirable !...

— Étonnante !...

ODETTE. — Oui !... évidemment... Seulement, dans la famille, on n'est pas de cet avis-là... alors...

DIANE. — Qu'est-ce que tu as dit ?...

ODETTE. — Que c'était Fernand qui m'avait remis les cartes...

FERNAND, *très embêté.* — Ah ! non !... Ah ! zut !... Madame de Joyeuse qui m'a déjà dans le nez...

LA DUCHESSE, *à sa belle-fille.* — Mais, ma petite Diane, comment est-il possible que vous ayez donné à des jeunes filles de pareilles images à distribuer ?... A des jeunes filles, songez donc ?...

DIANE, *désinvolte, mais bonne enfant et convaincue.* — Que voulez-vous, Mère !... C'est la politique, ça !...

ODETTE. — Annet est furieux contre moi !...

LA DUCHESSE. — Ça ne doit pas être bien sérieux !... Je ne l'ai jamais vu fâché contre toi, ton mari !...

ODETTE. — Justement !... Depuis trois ans que nous sommes mariés, c'est la pre-

mière fois !... (*Les larmes aux yeux.*) Il m'a
dit... (*Elle pleure pour tout de bon.*) il m'a
dit...

CORYSE. *Ennuyée de ce gros chagrin.* —
Qu'est-ce qu'il t'a dit, ma pauvre grande?...

ODETTE. — Il m'a dit... (*Elle pleure de
grosses larmes.*) C'est que c'est pas correct,
ce qu'il m'a dit...

LA DUCHESSE. — Dis-le tout de même ?...

ODETTE. — Que... que je mériterais de recevoir une fessée sur la place de la Con-
corde !... (*On rit.*) Ça vous fait rire ?... (*Elle
se mouche éperdument.*)

LA DUCHESSE. — Oui, parce que c'est
pittoresque... Mais ne te fais pas de chagrin,
va !... Annet ne pense déjà plus à tout ça!...

ODETTE. — Que vous croyez, Tante !...
Mais c'est qu'il est exaspéré, vous savez ?...
Je ne l'aurais jamais imaginé comme ça !...

DIANE. — Je suis obligée de me sauver...

JEAN. — Comment, déjà !... Vous arrivez...

DIANE. — Vous n'imaginez pas ce que j'ai
à faire avant le dîner... Il faut que j'aille

chez l'imprimeur... (*A Odette.*) A propos ?... Si tu as encore des cartes de Luisant, tu me les rapporteras demain, n'est-ce
pas !...

JEAN. *Il regarde sa belle-sœur avec étonnement.* — Elle est enragée !...

ODETTE. — Oui !... Ah ! mais non, au
fait !... Pas demain... Annet ne veut pas!...

DIANE. — ?... ?... ?...

ODETTE. — Il m'a défendu d'aller chez
toi les jours des folles de *La Volonté Franque*... (*Mouvement de Diane.*) C'est lui qui
les appelle comme ça !... Mais, dans tous les
cas, je te promets que j'ai pas envie de lui
désobéir... Ah ! non !... plutôt pas !...

DIANE, *un peu pointue.* — Alors à...
quand ton mari voudra !... (*A la Duchesse.*)
Au revoir, Mère !... A ce soir, Jean !... (*Aux
petits jeunes gens qui — sauf Fernand — se
sont levés comme un seul homme.*) Allons!... hardi les fieus !... (*Les petits jeunes
gens sortent en troupe, après avoir sommairement salué la Duchesse, qui les regarde
avec étonnement.*)

JEAN. *Il rit de la tête de la Duchesse.* —
Pauv' Maman !... Elle est médusée !...

LA DUCHESSE. — On le serait à moins !...
Il est curieux de voir à quel point certains
contacts changent certaines natures !... Car
enfin... ces petits-là sont de chez nous ?...

MONSIEUR DE LATUDE. — Quels petits ?...

LA DUCHESSE. — Les cinq petits mufles
qui viennent de partir avec ma belle-fille...

JEAN. — Quelle erreur !...

MONSIEUR DE LATUDE. — Il y en a du
moins un... le jeune Château-Landon...
C'est le petit-fils d'une cousine germaine à
moi...

LA DUCHESSE. — Est-ce qu'il vous a salué ?...

MONSIEUR DE LATUDE. — Jamais !... Il ne
me salue jamais depuis qu'il est de *La Volonté Franque*... Je représente à ses yeux
le vieux parti avec ses traditions imbéciles,
l'obscurantisme dans toute son horreur...

LA DUCHESSE. — Je ne suis pas à même
d'apprécier quelle est, au dehors, l'action
de *La Volonté Franque*, mais si j'en cons-

tate les effets dans les familles, je vois qu'elle a réussi à mettre le désordre et la zizanie partout... J'ai une belle-fille, des nièces, des petites-nièces et des petites cousines, qui ont, jusqu'ici, vécu en parfaite harmonie avec leurs maris, et même avec leurs belles-mères... C'est extraordinaire!... d'abord, parce que, en général, les bons ménages sont assez rares chez nous comme partout... ensuite parce qu'elles sont pour la plupart jolies... surtout les deux Xaintrailles qui sont d'une étonnante beauté... (*Coryse et Odette saluent en riant.*) Tiens ! j'oubliais que vous étiez là !... Eh bien, l'instant n'est pas loin où, grâce à *La Volonté Franque*, tout ça va finir par s'effriter... (*Elle continue à parler en s'adressant plus spécialement à M. de Latude.*)

FERNAND, *à demi-voix à Jean.* — Je vois que Madame de la Guerche n'est pas contente... alors... (*Il hésite.*)

JEAN. — Alors quoi ?...

FERNAND. — Alors, je n'ose pas lui rappeler qu'elle m'avait permis de lui présenter un de mes amis... que je devais amener aujourd'hui...

JEAN. — Il va venir ?...

FERNAND, *effaré*. — Oh ! non !... Pas sans que j'aille le chercher !... Il m'attend en bas dans un taxi... et je vais aller le retrouver...

JEAN. — Mais, pourquoi n'allez-vous pas le chercher tout bonnement ?... Maman le recevra aussi bien aujourd'hui qu'un autre jour...

FERNAND. — Oui... peut-être... Mais je crois préférable de ne pas le lui présenter non plus un autre jour...

JEAN. — Pourquoi ?... (*Il regarde Fernand.*) Ah !... il en est ?...

FERNAND. — Oui !... C'est un Mégottier nouvellement enrôlé... et je lui avais promis... j'avais cru pouvoir lui promettre, avant toutes ces histoires, et après avoir d'ailleurs tâté le terrain, de le présenter à la Duchesse... mais à présent...

LA DUCHESSE, *qui entend vaguement.* — Qu'est-ce que vous dites, mon petit Fer-

nand ?... (*Fernand rougit.*) C'est pour votre
jeune homme ?... (*Fernand fait signe que
oui.*) Vous l'avez amené ?...

JEAN. — Oui, Maman... Il est en bas,
dans un taxi... Mais à cause de tout ce qui
vient de se passer, et d'être dit, Fernand
n'ose pas vous rappeler votre promesse de-
recevoir son ami...

LA DUCHESSE. — Il a tort... Ce qui est
promis est promis...

FERNAND. *Il se lève.* — Oh ! Vous êtes
bien bonne, Madame !...

LA DUCHESSE. — Qui est-ce ?... Je ne sais
plus déjà ?...

FERNAND. — Il s'appelle Tot... (*Il se reprend.*) Anatole du Breuil... Ses parents
habitent boulevard Malesherbes, et, l'été,
en Indre-et-Cher...

MONSIEUR DE LATUDE. — Parfaitement !...
Je connais monsieur Dubreuil qui est un
fort brave homme... Nous avons ensemble
essayé de faire de la politique d'apaisement...

FERNAND. — Je peux aller chercher Anatole ?... Il doit dormir depuis le temps dans son taxi...

JEAN. — Je l'espère pour lui !...

LA DUCHESSE, *à son fils, quand Fernand est sorti.* — Tu le connais, toi, ce petit jeune homme ?...

JEAN. — Je l'ai vu chez Diane... Ou je me trompe fort, ou il ne doit pas croire que c'est arrivé...

LA DUCHESSE. — Tant mieux !... parce que je commence vraiment à en avoir assez de ceux qui croient que c'est arrivé !...

FERNAND. *Il entre poussant devant lui Toto très intimidé.* — Madame !... c'est mon ami du Breuil que vous m'avez permis de vous présenter... (*Toto allonge la main vers la duchesse. Puis, voyant qu'elle ne bouge pas, laisse retomber sa main, devient très rouge, et salue à plusieurs reprises.*)

LA DUCHESSE. *Elle examine Toto sans affectation et lui indique un siège.* — Les amis de Fernand sont les très bien venus chez moi, Monsieur... (*Elle reprend sa conversation avec M. de Latude.*)

TOTO, *qui louche éperdument sur les petites Duchesses.* — Madame la Duchesse, je... je... (*Il se rassérène en voyant que la vieille dame ne s'occupe plus de lui.*)

FERNAND, *à la Duchesse de Joyeuse.* — Odette !... Dis donc ?... Tu as bazardé ta petite commode de laque ?...

ODETTE, *déconcertée.* — Parle donc pas si haut, imbécile !... (*A demi-voix.*) Comment sais-tu ça ?...

FERNAND. — Je l'ai vue...

ODETTE, *curieusement.* — Chez qui ?...

FERNAND. *Il pense tout bonnement au père Mardochée.* — Dame !... Chez qui l'a achetée probablement !...

ODETTE, *intéressée.* — Une cocotte ?...

FERNAND. *Il comprend que sa cousine suppose une seconde vente du secrétaire.* — Oui !...

ODETTE. — Chic ?...

FERNAND. *Il plastronne.* — Plutôt !... Mais tu aurais aussi bien fait de ne pas laisser dedans ton papier à lettres... (*Mouve-*

ment d'Odette.) et ta cire !... et une liseuse d'écaille !...

ODETTE. — Bah !... au fond, c'est sans importance !... *(Elle passe et va à la table où le thé est servi.)*

TOTO. *Il a osé, voyant que tout le monde circule dans les salons, quitter son fauteuil et s'est rapproché de Fernand.* — C'est les deux jolies dames qui étaient chez madame votre sœur ?... *(Il tique sur les petites Duchesses.)*

FERNAND, *négligemment.* — Oui !... Il y a des chances pour que vous les retrouviez partout dans la famille...

TOTO. — Est-ce que... *(Il hésite.)* vous pourriez pas me présenter ?...

FERNAND. — Oh ! ça, mon vieux, il n'y a aucune raison !... Elles sont pas du tout Volonté Franque... Oh ! mais pas du tout !...

TOTO. — Ah !... Dommage !... *(Un temps.)* Qu'est-ce qu'elles sont ?...

FERNAND. — Elles sont jolies...

TOTO. — Je vois !... mais elles ne sont pas que ça ?...

FERNAND. — Elles sont chics, elles sont à la mode... elles se commandent des robes chez Pommet...

TOTO. — Et puis après ?...

FERNAND. — Et puis après elles les essaient... et puis après elles les portent.... Qu'est-ce que vous voulez encore savoir ?...

TOTO, *résigné*. — Rien !...

LA DUCHESSE, *indiquant Fernand à Jean*. — Il a l'air propre et comme il faut ce petit !... Mais il ne doit pas s'amuser beaucoup ici...

JEAN. *Il ouvre les bras en faisant signe qu'il n'y peut rien.* — Ben, fallait pas qu'il y vienne !...

MONSIEUR DE LATUDE. *Il se lève pour prendre congé de la Duchesse.* — Madame...

LA DUCHESSE. — N'oubliez pas que vous dînez avec nous jeudi ?...

MONSIEUR DE LATUDE. — Je n'aurai garde... (*Il serre la main à Jean.*)

JEAN. — A jeudi...

MONSIEUR DE LATUDE. — Non !... d'abord
à lundi... au banquet...

JEAN. — ?... ?... ?...

MONSIEUR DE LATUDE. — C'est la Saint-
Pépin, lundi...

JEAN. — Oh !... mais je n'en suis pas,
moi !... (*Il rit.*) Je suis un affreux impérialiste !...

MONSIEUR DE LATUDE. — Comment ?...
Encore ?...

JEAN. — Toujours !... Pourquoi donc voulez-vous que je change d'opinion ?...

MONSIEUR DE LATUDE. — Parce que je
croyais... j'espérais qu'en présence de ce
grand mouvement qui se produit, de ces
multiples efforts dirigés vers ce but qui est
le retour de la monarchie, vous abandonne-
riez un rêve lointain pour...

JEAN. — Alors, selon vous, le retour de la
monarchie est un rêve prochain ?...

MONSIEUR DE LATUDE. *Très catholique, ne
ment jamais.* — Mon Dieu... je n'affirme
pas que...

JEAN. — Et vous pensez que ces multiples

efforts... comme vous dites... vont nous amener Pépin III...

MONSIEUR DE LATUDE. — Je ne dis pas précisément ça, mais...

JEAN. — Qu'est-ce que vous dites alors?...

MONSIEUR DE LATUDE. — ...

TOTO, *à Fernand.* — Alors, vrai, tout de bon, autrement que pour la carotte, il y a un banquet le jour de la Saint-Pépin?...

FERNAND. — ... 'turellement !...

TOTO. — Où ça?...

FERNAND. — A Bécon-les-Bruyères...

TOTO. — On peut y aller?...

FERNAND. — Plutôt !...

TOTO. — Vous y allez?...

FERNAND. — J'y vais... sans y aller... Pour la famille, je serai à Bécon-les-Bruyères, mais, en réalité, là où ça me chantera... Ainsi que je vous l'ai expliqué, c'est à ça que me sert *La Volonté Franque*... (*Un temps.*) A moi et à pas mal d'autres !...

CORYSE, *à la Duchesse.* — Tante, vous me pardonnerez de partir... je suis obligée de rentrer...

ODETTE. — Tante, je m'excuse, moi aussi, de vous faire une visite si courte, je suis...

LA DUCHESSE. — Cherche pas, va !... Si tu crois que la vieille tante ne comprend pas que tu as, et ta sœur aussi, autre chose à faire qu'à vous embêter chez elle...

LES DEUX PETITES DUCHESSES, *ensemble.* — Oh !... Tante !...

LA DUCHESSE, *qui ne voit pas que M. de Latude est encore là et qui néglige Toto. Tenez !... je vais achever un livre déli-cieux !... (Elle allonge la main et prend un livre posé sur une petite table.)* un livre qui fait ma joie !...

ODETTE. — Ah !... *La vie amoureuse de l'Impératrice Joséphine,* de Gérard d'Hou-ville...

LA DUCHESSE. — Tu l'as lu ?... *(Geste de dénégation d'Odette.)* Non !... ça m'éton-nait aussi... parce que, la lecture et toi...

ODETTE. — Sans l'avoir lu, je sais ce que c'est !...

MONSIEUR DE LATUDE, *d'une voix douce.* — C'est bien joli...

LA DUCHESSE, *à M. de Latude, en reposant à regret le livre sur la table.* — Oh !... pardon !... Je vous croyais parti !...

MONSIEUR DE LATUDE. — J'étais resté pour tâcher de convaincre votre fils de venir à Bécon-les-Bruyères...

LA DUCHESSE, *interrogativement.* — A Bécon-les-Bruyères ?...

MONSIEUR DE LATUDE. — Au banquet de la Saint-Pépin !...

LA DUCHESSE. — Il existe encore ?...

MONSIEUR DE LATUDE, *effaré.* — Pourquoi donc n'existerait-il plus ?...

LA DUCHESSE. — Mais... parce qu'il me semble être au nombre de ces choses surannées dont *La Volonté Franque* fait plutôt bon marché...

MONSIEUR DE LATUDE, *vaguement pointu.* — Mais, Madame, *La Volonté Franque* n'est qu'une petite fraction des royalistes... Et, à nous, les vieux représentants du parti, elle n'a pas à faire la loi...

LA DUCHESSE. — Oh !... Je sais qu'elle « n'a pas à vous la faire !... » Le tout est de savoir si elle ne vous la fait pas ?...

MONSIEUR DE LATUDE. — Mais non, Madame... Les présidents des comités de Monseigneur suivent la ligne politique qui leur est indiquée par lui, et n'ont pas à se préoccuper des moyens d'action imaginés par les jeunes troupes... Mais je reste là à bavarder. (*Il fait un mouvement de retraite. La Duchesse reprend son livre.*) Je vous laisse à votre plaisir... (*Il indique le livre.*)

LA DUCHESSE, *polie*. — Mais !... pas du tout !... Restez donc, je vous en prie ?...

MONSIEUR DE LATUDE. — Et il faut d'ailleurs que je rentre pour travailler un peu... La correspondance avec les comités me prend beaucoup de temps, et j'ai encore à préparer mon discours pour jeudi...

LA DUCHESSE, *pour avoir l'air de s'intéresser*. — Ah !... vous parlez au banquet ?...

MONSIEUR DE LATUDE. — Il le faut bien... puisque j'ai l'honneur d'être le président des comités royalistes... Fâcheux privilège que me confère mon âge...

LA DUCHESSE. — Et surtout votre dévouement au Prince !... (*Sincère.*) Car il ne doit pas en trouver beaucoup comme vous dans le parti !...

MONSIEUR DE LATUDE, *modeste*. — C'est tout naturel... Et je serais bien heureux si le peu que je fais pouvait un jour servir utilement la cause de Monseigneur...

LA DUCHESSE, *qui suit son idée*. — Le duc d'Aquitaine en a rudement besoin, de serviteurs comme vous !... quand ça ne serait que pour faire oublier les autres...

JEAN. *Il rit*. — Pauv' Maman !... Elle peut pas digérer les Mégottiers !...

LA DUCHESSE. — Avec ça que tu les aimes, toi !...

JEAN. — Oh ! moi !... je ne peux pas les voir !... (*Toto se glisse doucement vers la porte. Fernand le suit.*) et j'ai tort !... Car ils rendent au parti impérialiste l'immense service de le faire préférer encore à eux... Je devrais leur savoir gré de cette réclame...

LA DUCHESSE. — Elle est involontaire...

MONSIEUR DE LATUDE. — Mais efficace !... Il y a du vrai dans ce que dit votre fils, Madame !... Je ne sais pas si les Mégottiers ont fait au parti impérialiste tout le bien qu'il suppose... mais je suis sûr qu'ils ont nui énormément à Monseigneur le duc d'Aquitaine...

JEAN. — Pourquoi ne les mouche-t-il pas une bonne fois ?...

MONSIEUR DE LATUDE. — C'est délicat, très délicat !... Il y a parmi les gens de *La Volonté Franque*, des... des... (*Il cherche le mot.*)

JEAN, *le lui donnant.* — Des énergumènes...

MONSIEUR DE LATUDE. — Mon Dieu, je ne voudrais pas dire...

JEAN. — Vous avez bien tort !... Si c'était eux, ils ne se gêneraient pas, allez !...

MONSIEUR DE LATUDE. — J'en suis convaincu... Mais, comme, précisément, nous voulons éviter soigneusement le mode d'action de *La Volonté Franque*... nous...

LA DUCHESSE, *qui cherche des yeux Fernand et Toto.* — Où donc est Fernand ?... et son nouveau Mégottier ?...

JEAN. — Ils se sont trottés...

MONSIEUR DE LATUDE. — J'en vais faire autant...

LA DUCHESSE. — Au revoir !... et bonne fête jeudi !...

JEAN, *qui revient après avoir reconduit M. de Latude.* — Quoique royaliste, il est sympathique, le pauv' bonhomme !... Pourvu qu'on ne lui fiche pas des pommes cuites sur le nez à Bécon-les-Bruyères, toujours !...

LA DUCHESSE, *effarée.* — Oh !...

LA GRANDE DAME

Chez les Dubreuil, après le dîner, dans le salon.

Papa, Maman, Bonne-Maman, Titine et Toto, lisent ou travaillent autour d'une grande table.

MAMAN, *à Toto.* — Tu n'as plus mal, mon Chéri ?...

TOTO. — Plus beaucoup... 'core un peu !...

MAMAN, *inquiète.* — Tu finiras par te faire assommer ?...

TOTO, *héroïque.* — Qu'importe !... si c'est pour le service du Roi !...

MAMAN. — Comment, qu'importe ?...

mais il importe beaucoup... énormément...
(*Le cousin François entre.*)

BONNE-MAMAN, *ravie.* — Ah ! tu es gentil
de venir nous voir !... C'est une bonne idée
que tu as eue là !...

TITINE, *ravie aussi.* — On peut l'dire !...
Ça fait plaisir de voir votre bonne figure
gaie !... (*Entre ses dents.*) Ça nous
change !... (*Papa, qui avait quitté un instant La Volonté Franque, s'y replonge. Maman ne dit rien. Toto fait un nez.*)

LE COUSIN FRANÇOIS, *après les avoir exa-
minés d'un air surpris.* — Qu'est-ce qu'il y
a ?... Ça ne va pas ?...

MAMAN. — Quand tu es entré, j'étais en
train de faire de la morale à Toto...

LE COUSIN FRANÇOIS, *surpris.* — Toi !...
Tu m'étonnes !...

MAMAN. — Il reçoit de terribles coups
dans toutes ces bagarres !... Il finira par se
faire tuer !...

LE COUSIN FRANÇOIS. — Oh !... tuer, c'est
bien gros !...

MAMAN. — Il parle de tout ça avec une

indifférence admirable... mais bien inquié-
tante pour nous...

LE COUSIN FRANÇOIS. — Pour vous seulement !...

MAMAN. — Comment, pour nous seulement ?...

LE COUSIN FRANÇOIS. — Parce que vous
êtes des naïfs... (*Toto rougit.*)

MAMAN. — Il souffre encore beaucoup
pour l'instant... et ça dure depuis jeudi dernier... Il ne tient pas debout...

LE COUSIN FRANÇOIS. *Il regarde Toto.* —
Le fait est qu'il a une de ces bobines de
papier mâché !... (*Toto rougit davantage.*)
Alors, c'est le service du Roi, mon garçon,
qui te met dans ce piteux état ?... (*Il rit.*)

TOTO. — Mais pas du tout !... C'est
M'man qui dit ça !... Je me porte à mer-
veille !...

LE COUSIN FRANÇOIS. — Ben, là, vrai, il
n'y paraît pas !...

MAMAN. — Je ne sais quelle fausse honte
l'empêche d'avouer devant toi ce qu'il nous
avouait là, tout à l'heure...

LE COUSIN FRANÇOIS, *curieusement.* —
Ah ! il vous a avoué...

MAMAN. — Qu'il souffrait... non plus autant... mais encore...

LE COUSIN FRANÇOIS. — Ah ! bon !...

MAMAN, *suffoquée.* — Comment « Ah !
bon !... » Pourquoi dis-tu « Ah ! bon ! »
parce qu'il souffre ?...

LE COUSIN FRANÇOIS. — Ce n'est pas parce
qu'il souffre, mais parce que... Qu'est-ce
qu'Alfred pense de tout ça ?... (*Il se tourne
vers papa.*)

PAPA, *qui continue à lire.* — ...

TITINE. — Il n'entend rien !... C'est tou-
jours comme ça quand il lit *La Volonté
Franque...* (*Elle crie.*) P'pa !... l'oncle
François te parle...

PAPA. *Il relève le nez.* — Je te demande
pardon, mon ami... je n'avais pas entendu...
Je lisais l'article de Jacques Peyrolles... et
j'étais tellement intéressé... (*Le cousin
François sourit.*) Ça t'étonne ?...

LE COUSIN FRANÇOIS. — Dame oui !.. Ta
physionomie... lorsque je t'ai inconsidéré-

ment interrompu... exprimait l'application plutôt que l'intérêt...

PAPA, *un peu vexé*. — C'est toujours ainsi quand je lis du Peyrolles... Je fais un continuel effort, parce que ses belles, ses admirables doctrines, je voudrais les retenir...

TITINE. — Et les comprendre d'abord !... (*Mouvement de Papa.*) Dame !... à chaque instant tu prends un dictionnaire !...

PAPA. *Il hausse les épaules.* — Il y en a que je sais par cœur, des articles de Peyrolles !...

LE COUSIN FRANÇOIS. *Sifflement admiratif.* — Phhhuuu !... Mes compliments !...

PAPA, *emballé*. — Ainsi, tiens ! ceux où il répète ces beaux vers... (*Il déclame.*)

> Un jour sur nos tombeaux,
> Les blés deviendront très beaux...

LE COUSIN FRANÇOIS. — Ah !... si c'est comme ça que tu les sais !... (*Il rit.*) je t'admire moins !...

PAPA, *inquiet*. — C'est pas ça ?...

LE COUSIN FRANÇOIS. — C'est ça... approximativement !...

PAPA, *interloqué*. — Tu les lis donc aussi ?...

LE COUSIN FRANÇOIS. — Quoi ?...

PAPA. — Ben, les articles de Peyrolles ?...

LE COUSIN FRANÇOIS. — Mais, naturellement, je les lis !... Tu crois qu'il n'y a que toi ?...

PAPA. — Non !... mais je n'imaginais pas que tu lusses... régulièrement *La Volonté Franque*...

LE COUSIN FRANÇOIS. — Je ne te dis pas que je lis *La Volonté Franque*... je lis Peyrolles et Rainville... C'est pas la même chose !...

PAPA. — Tu ne lis pas les beaux articles de Jules Flambart ?...

LE COUSIN FRANÇOIS. — Si... très souvent...

PAPA, *emballé*. — N'est-ce pas !... Il n'y a plus aujourd'hui d'autre journaliste que lui...

LE COUSIN FRANÇOIS. — Tu vas un peu fort... j'en vois au moins deux...

PAPA, *ahuri*. — Oh !... par exemple !...

TITINE. — Où donc, qu' j'y coure ?... (*Elle rit.*)

PAPA, *qui n'a pas compris*. — Qu'est-ce que tu dis ?...

TITINE. — Je dis que tu as rudement changé ! Qui est-ce qui aurait jamais pensé que ça t'amuserait de voir envoyer des paquets de sottises au nez de gens qui t'ont rien fait... sinon pas être de la même couleur politique que toi... (*Entre ses dents.*) Si tant est que tu en aies une, de couleur ?...

PAPA. — Je n'en avais pas jusqu'ici de bien définie... J'étais impérialiste sans l'être... comme tout le monde... comme François....

LE COUSIN FRANÇOIS. — Ah ! mais, permets !... Je ne suis pas impérialiste sans l'être comme tu veux bien l'affirmer... en le prenant d'ailleurs sous ton bonnet, comme on dit vulgairement... Je suis impér.aliste vraiment, nettement, en l'étant !...

PAPA. — Moi j'étais... comment dire ?... flottant... Oui, c'est bien le mot, flottant... Je rêvais d'un gouvernement fort... qui nous défendrait contre l'envahissement dangereux de... de...

LE COUSIN FRANÇOIS. — Cherche pas... C'est compris !...

PAPA. — Et je pensais, je croyais, que l'empire me donnerait la sécurité rêvée, le... Enfin, tu comprends ce que je veux dire ?...

LE COUSIN FRANÇOIS. — Parfaitement !... Et alors !...

PAPA. — Alors j'ai entrevu, en lisant *La Volonté Franque*, que l'empire ouvrirait sous nos pieds un gouffre, dont mon regard a mesuré la profondeur...

LE COUSIN FRANÇOIS. — Mâtin ! tu as l'œil pointu !...

PAPA. — Tu as tort de plaisanter de choses aussi graves... Sais-tu bien que, si l'empire revenait, nous n'apercevrions pas le plus léger changement dans l'état de choses actuel... Les mêmes fonctionnaires resteraient aux mêmes places... les...

LE COUSIN FRANÇOIS. — Et si les royalistes arrivaient au pouvoir, donc !... Pour ceux-là, on est fixé... puisqu'ils ont failli, il y a quelques années, tenir la queue de la poêle...

PAPA. — ?...

LE COUSIN FRANÇOIS. — Quand les royalistes d'alors, qui représentaient ce que représentent aujourd'hui les royalistes de Toto, furent fourrés... sans raison d'ailleurs, nous pouvons le dire... dans l'affaire de la Haute-Cour, on saisit des paperasses qui, paraît-il, rendirent possible le procès... Eh bien, on put constater que le nouveau pouvoir gardait tout de l'ancien... tout, à commencer par ses plus notoires erreurs... Tous les préfets Juifs ou Francs-maçons, ou les deux, demeuraient invariablement à leur place et les magistrats itou... Ah ! si !... On en changeait un, de magistrat !... On nommait, à la place du procureur général d'alors, monsieur Louchet, un homme très

distingué, très honorable et très âgé, qui
en est mort dans l'année, le pauvre !...

PAPA. — Quand on aura, par le grand
coup que nous promettent chaque jour Peyrolles et Flambart, restauré la royauté, on
balaiera tous ces gens indignes...

LE COUSIN FRANÇOIS. — Que non !... Quel
que soit le gouvernement qui viendra, il
faudra bien qu'il commence par barboter
d'abord dans les résidus laissés par son pré-
décesseur... C'est indiqué, sinon forcé... A
moins, toutefois, que le changement ne
s'exécute avec violence, auquel cas il faudra bien remplacer les meubles démolis par
des meubles neufs... ce qui serait beaucoup
mieux... Mais je crois que le coup se fera
« en douceur »...

PAPA, *intéressé*. — Ah !... Tu y crois, au
coup ?... Moi aussi !...

LE COUSIN FRANÇOIS. — Oui... Seulement
nous ne parlons pas du même... Toi, tu
penses au Grand coup tant de fois annoncé
et qui serait combiné par messieurs Peyrolles, Flambart, Combescassiou, Laville, et

quelques autres du même tonneau, et exécuté par les Mégottiers du Prince... Moi je n'y crois pas, à ce coup-là!... pas du tout!...

PAPA, *vaguement embêté.* — A ton aise !... (*Un temps. Toto se lève doucement.*) Mais dis-moi ?... Tu émettais... quand tu as été interrompu par une digression quelconque... cette opinion que deux écrivains étaient, au point de vue de la polémique, supérieurs à Flambart ?... C'est bien ça que tu disais, n'est-ce pas ?...

LE COUSIN FRANÇOIS. — C'est bien ça !...

PAPA. — Je serais vraiment curieux de les connaître, ces deux-là ?...

LE COUSIN FRANÇOIS. — C'est Buré et Hervé.... Ils sont adroits, spirituels, verveux, et lettrés même, je crois... autant que j'en puis modestement juger...

PAPA, *perplexe.* — Ah !... (*Toto s'est approché de maman et lui parle à l'oreille.*)

MAMAN, *effarée.* — Oh !... mon Chéri !... Comment !... Encore !... Mais c'est impossible... Mais tu veux donc te tuer !...

PAPA. — Qu'est-ce que c'est ?...

MAMAN. — C'est Toto qui me demande la clef... Il veut aller à une réunion ce soir... Il n'est vraiment pas raisonnable !...

TOTO. — Mais, M'man, puisque je te dis que je suis commandé... (*Bonne-maman, sans cesser de tricoter, regarde son petit-fils d'un air narquois. Titine regarde aussi Toto en riant. Papa a repris la lecture de* La Volonté Franque.)

MAMAN. — Commandé !... commandé ! C'est bien vite dit... Il faudrait pourtant laisser à ceux qui ont reçu des coups de poing, et de pied, et de casse-tête, et de sabre, le temps de se remettre avant de les renvoyer au danger...

LE COUSIN FRANÇOIS. — Calme-toi !... Toto ne court que des dangers relatifs...

MAMAN. — Relatifs... ça te plaît à dire... Qu'est-ce que tu en sais, toi, d'abord ?... Tu n'en es pas, n'est-ce pas, des Mégottiers ?...

LE COUSIN FRANÇOIS. — Non !... non !... Je n'ai pas cet honneur !...

MAMAN. — Eh bien, alors ?... (*A Toto.*)

Je t'en prie, mon bon Chéri, va te coucher... pour aujourd'hui, rien que pour aujourd'hui...

TOTO, *qui s'impatiente visiblement*. — Voyons, M'man, donne-moi la clef ?...

MAMAN, *résolument*. — Eh bien, non !... Je ne t'aiderai pas à faire cette folie... Je veux protéger, comme c'est mon devoir, ta santé... (*Mouvement de Toto.*) Je ne te donnerai pas ma clef... Demande à ton père s'il veut te prêter la sienne... mais moi, je m'en lave les mains...

TOTO, *penché sur papa, gentiment*. — P'pa ?... Veux-tu me prêter ta clef, s'il te plaît ?...

PAPA, *absorbé*. — Demande à ta mère !... (*Il lit de nouveau, les sourcils froncés, le visage contracté par l'effort qu'il fait pour comprendre.*)

TOTO. *Il revient vers Titine et bouscule en passant sa chaise*. — Quelle scie, tout de même !... Quelle scie !...

TITINE. *Elle rapproche de la table sa chaise que Toto en a éloignée*. — J'y peux rien,

moi, ma pauv' vieille !... Si j'en avais une,
de clef, je te la donnerais sans que tu sois
obligé de prononcer des paroles, tu sais
bien ?...

TOTO. — Oui, je sais !... (*Avec humeur.*)
— Ben, si je ne peux pas rentrer, j'irai
coucher à l'hôtel !... M'en f..., après
tout !...

MAMAN, *impétueusement.* — Non !...
Non !... Tout plutôt que ça !... (*Elle lui
donne la clef.*) Mais je t'en prie... ne rentre
pas trop tard, mon Chéri ?... Ah !... et
puis, où est-elle, cette réunion, pour que...
que s'il t'arrivait malheur... (*Toto hausse
les épaules.*) Tu ne serais pas le premier à
qui il arriverait malheur dans ces condi-
tions-là !... (*Le cousin François et bonne-
maman rient. Toto, qui a empoché la clef,
dit rapidement bonsoir et file.*)

MAMAN, *à l'instant où il file.* — Toto !...
mon Chéri !... Pas trop tard !... Fais ça pour
moi... Pense à ta vieille maman si inquiète...
et qui passera son temps à dire des chape-
lets pour que tu sois victorieux... (*Le cousin

François pouffe. Bonne-Maman sourit.) Pour que... *(A papa.)* Alfred !... Alfred !... *(Avec véhémence.)* mais dis-lui donc, toi aussi, de ne pas revenir trop tard... et de ne pas se fatiguer trop... Mais défends-lui donc de s'éreinter !... *(Papa ne bronche pas. Toto sort.)* Ah !... Toto !... Toto !... *(Elle se précipite à sa suite.)* Tu ne m'as pas dit où ?... où ta réunion ?... *(Elle disparaît.)*

LE COUSIN FRANÇOIS. — C'est qu'elle le croit, cette pauvre Clémence, qu'il va à une réunion !...

BONNE-MAMAN. — Elle le croit dur comme fer !... *(Titine rit.)*

LE COUSIN FRANÇOIS, *à maman qui revient l'air éploré.* — Eh bien ?... Cette réunion ?... Où est-ce ?...

MAMAN, *navrée.* — Il n'a pas pu me le dire !... Il doit aller au point central !... Il ne sait rien de plus !... *(On rit. Maman regarde tout le monde avec inquiétude, puis se monte peu à peu.)* En vérité, je ne vous comprends pas !... On dirait que ça vous amuse !...

BONNE-MAMAN. — Que quoi nous amuse ?...

MAMAN. — Qu'il arrive malheur à Toto !... (*Explosion de larmes.*)

LE COUSIN FRANÇOIS, *apitoyé.* — C'te pauv'femme !... C'est vraiment pas chic de la laisser se tourmenter ainsi pour rien... (*Il va à papa.*) Voyons, toi, Alfred ?... (*Bas.*) Si... (*Il cherche un mot.*) cornichon que tu sois pour ces sortes de choses, il n'est pas possible que tu ne saches pas à quoi t'en tenir sur les sorties de Toto ?...

PAPA, *qui est effectivement fixé mais qui se demande s'il convient de l'avouer.* — Mais...

LE COUSIN FRANÇOIS. — Cette pauvre Clémence fait vraiment peine à voir !... Tu devrais la rassurer... la...

PAPA, *perplexe.* — Quand bien même je serais... fixé comme tu dis, je ne sais pas trop s'il vaut mieux que ta cousine sache... ce que tu soupçonnes... plutôt que de croire ce qu'elle croit ?... Son désespoir sera autre... mais qui sait s'il ne sera pas pire...

LE COUSIN FRANÇOIS. — Pire ?... Allons
donc !... Regarde-la !...

BONNE-MAMAN, *qui a vaguement entendu,
à papa.* — François a raison, mon ami...
Il vaudrait mieux dire la vérité à votre
femme...

PAPA, *effaré.* — La vérité ! ! ! (*Souriant.
aux anges.*) Elle est d'ailleurs très chic, la
vérité !...

MAMAN, *inquiète de tous ces chuchote-
ments qu'elle perçoit vaguement.* — Qu'est-
ce qu'il y a ?... Qu'est-ce qu'on veut encore
me cacher ?... La rencontre de ce soir doit
être particulièrement meurtrière, peut-
être ?...

LE COUSIN FRANÇOIS. — Mais non !... au
contraire !... D'abord, en fait de meurtres,
je n'aperçois guère à l'actif de *La Volonté
Franque* que quelques gifles qui provoquent
des arrestations rarement maintenues...

MAMAN. — Il y a un commencement à
tout !... (*Elle sanglote.*) Mon pauv' petit !...
Mon pauv' petit !...

TITINE, *désolée.* — Maman !... Voyons.

Maman !... Je te promets que Toto ne court
pas le moindre danger... Je te le promets...
tu peux bien me croire... Je ne te le pro-
mettrais pas si je n'en étais pas sûre.. Tu
sais bien que je ne mens jamais ?... (*Bonne-
maman, papa et le cousin François regardent Titine d'un air étonné.*)

MAMAN, *qui continue à pleurer.* — Je suis
sûre que tu crois ce que tu me dis, ma petite fille... Mais tu ne sais pas... Tu ne peux
pas savoir...

LE COUSIN FRANÇOIS. — Mais nous savons,
nous !... Et c'est pourquoi nous te supplions
de ne pas te biler comme ça ?...

MAMAN, *douloureusement.* — Me biler !...
Tu as vraiment des mots !...

LE COUSIN FRANÇOIS. — J'ai les mots qu'il
faut !... Voyons, veux-tu que je te dise où
il est pour l'instant, moi, ton Toto ?... Et
tu verras qu'il ne court pas le plus petit
risque... du moins de ceux que tu crois !...

MAMAN. — Où est-il ?...

LE COUSIN FRANÇOIS. — Il est... (*Il louche
furtivement sur Titine.*)

TITINE. *Elle plie méthodiquement sa bro-
derie.* — Je vois que je vous gêne pour
dire des inconvenances, pas?... (*Elle se lève
en riant.*) Alors je m'trotte !...

MAMAN, *distraite un instant de son grand
chagrin.* — Comment, des inconvenances ?... (*Scandalisée.*) En voilà une supposition saugrenue !... Et pourquoi dirait-
on des inconvenances ?...

TITINE, *paisible.* — Dame !... Puisqu'on
va parler des... réunions de Toto !... (*Elle
sort en riant.*)

MAMAN. *Elle promène autour d'elle un regard interrogateur et effaré.* — ?... ?... ?...

LE COUSIN FRANÇOIS. — La petite a très
bien fait de s'en aller... Ça prouve qu'elle
est au courant... Voilà tout !...

MAMAN. — Au courant de quoi ?...

LE COUSIN FRANÇOIS. — De la vie de son
frère... Oui !... Tu peux te rassurer !... Toto
ne risque rien ce soir, non plus qu'il n'a
jamais rien risqué les autres soirs... Car il
n'a jamais été vu à aucune manifestation, ni
réunion... Jamais de jamais !... Par la très

bonne raison qu'il n'y est jamais allé...

MAMAN, *incrédule*. — Qu'est-ce que c'est que cette histoire-là ?... Où irait-il, alors ?...

LE COUSIN FRANÇOIS. — Chez une quelconque petite femme...

MAMAN, *suffoquée*. — Oh !... (*A papa*.) Vous le saviez ?...

PAPA. — Oui !... Toto est... en bonne fortune... Seulement, sa bonne fortune (*Il se rengorge*.) n'est pas quelconque... (*Il plastronne encore davantage*.) Il s'en faut !...

LE COUSIN FRANÇOIS *et* MAMAN, *ensemble, intrigués*. — Qui est-ce ?...

PAPA, *très bas*. — Une grande Dame... une très grande Dame...

LE COUSIN FRANÇOIS, *agacé*. — Quand tu auras fini de nous réciter *La Tour de Nesle*...

MAMAN, *énervée*. — Enfin qui est-ce ?... Dis-le ?...

PAPA, *encore plus bas*. — La Duchesse de Joyeuse... (*Stupeur*.)

BONNE-MAMAN, *qui « n'y coupe pas*. » — Quelle farce !...

PAPA, *froissé*. — Ce n'est pas une farce, ma mère... C'est la vérité absolue...

BONNE-MAMAN, *au cousin François, dont la figure exprime l'étonnement le plus profond*. — Tu la connais, toi, la duchesse de Joyeuse ?...

LE COUSIN FRANÇOIS. — De vue... comme tout le monde...

BONNE-MAMAN. — Quelle femme est-ce ?...

LE COUSIN FRANÇOIS. — Une très, très jolie femme, très lancée et très chic...

BONNE-MAMAN. — De quel âge ?...

LE COUSIN FRANÇOIS. — Vingt ou vingt-cinq ans...

BONNE-MAMAN, *qui est pourrie de jugeotte*. — Mais alors, c'est impossible !... C'est une blague énorme !... (*A papa.*) C'est Toto qui vous a dit ça ?...

PAPA. — Lui !... Il ne m'a jamais rien dit !... C'est moi qui ai découvert, bribes par bribes, la vérité...

LE COUSIN FRANÇOIS. — Par exemple ?...

PAPA. — Par exemple, je me suis aperçu que Toto ne sortait jamais, pour aller à ses prétendues réunions, sans se mettre en habit... Or, il n'est guère de mise, je crois, de s'habiller pour ces sortes de pugilats...

LE COUSIN FRANÇOIS. — Après ?

PAPA. — Après, j'ai constaté que lorsque nous voulions obtenir de Toto le récit d'une de ces bagarres... notamment de celles que nous voyons détaillées dans les journaux... il était incapable de dire un mot qui tînt debout...

BONNE-MAMAN. — Mais vous a-t-il fait, à un moment donné, des allusions à... à madame de Joyeuse ?...

PAPA. — Jamais !... Il ne m'a jamais fait aucune allusion à aucune bonne fortune d'aucun genre... Mais, à chaque instant, il pleut à la maison des dépêches ou des bleus... parfumés à en avoir des nausées !... Ah ! nom d'un pétard !... Elle a un rude parfum, la Duchesse !...

LE COUSIN FRANÇOIS. — Quel parfum, donc ?...

PAPA. — Je ne te le dirai pas exacte-

ment... C'est un terrible mélange de musc
et de patchouli...

BONNE-MAMAN, *étonnée*. — De musc et de
patchouli !...

PAPA. — Parfaitement !... Ce que ça
pue !...

BONNE-MAMAN. — Je démêle bien, au milieu de ce que vous nous dites, que Toto
a une petite bonne amie... Mais rien n'indique jusqu'ici que ce soit une duchesse...
Qu'est-ce qui vous fait penser que...

PAPA. — Je m'étais plusieurs fois aperçu
que, parmi les lettres, il y en avait à l'a-
dresse de Toto qui portaient un O, sur-
monté d'une couronne de roi...

LE COUSIN FRANÇOIS. — Comment, une
couronne de roi ?...

PAPA, *qui n'a, en fait de blason, que des
connaissances plutôt sommaires.* — Oui !...
une grosse, bombée, sans perles, avec de
l'étoffe qui bouffe dedans... (*Le cousin François rit.*) C'est pas ça ?...

LE COUSIN FRANÇOIS. — Si... si !... Va
toujours !...

PAPA. — Alors, ça m'intriguait !... Je me demandais qui est-ce qui pouvait bien écrire à Toto si souvent sur ce magnifique papier ?... Et comme je remarquais que ses sorties coïncidaient presque toujours avec la venue d'une de ces missives, j'avais cru d'abord qu'elles venaient du président d'un comité royaliste.

LE COUSIN FRANÇOIS. — Mais... le musc et le patchouli ?...

PAPA. — C'est précisément ça qui m'a ouvert les yeux !... J'ai pensé à une femme... J'ai cherché quelle pouvait être cette femme !... J'ai cherché très longtemps... et je ne trouvais pas !...

LE COUSIN FRANÇOIS. — Le fait est que un O et une couronne de roi !... (*Il rit.*) C'est plutôt vague !...

PAPA. — J'avais ramassé un jour une enveloppe qui traînait dans la chambre de Toto... et je l'avais montrée à un graveur qui m'avait dit : « Ça, c'est une couronne ducale fermée... C'est rare !... » Alors, j'avais lu plusieurs fois le *Tout Paris* afin d'y

découvrir des ducs commençant par un *O*...
et je n'avais rien trouvé... parce que je
cherchais, idiotement, au nom de famille...

MAMAN. — Mais va donc !... Tu me fais
bouillir !...

PAPA. — Il y a quelques jours, le petit
de Montsoreau vint à la maison... Comme il
causait avec Toto, il prononça à plusieurs
reprises le nom d'Odette... Moi, sans aucune arrière-pensée, je demandai : « Qui
est-ce « Odette » ?... Et le petit de répondre :

« C'est ma cousine Joyeuse !... » Ce fut
un trait de lumière... Et je questionnai encore : « La duchesse de Joyeuse ?... » —
« Elle-même !... » répondit le petit de
Montsoreau !... Alors, du coup, j'étais
fixé...

BONNE-MAMAN. — Comment fixé ?... Fixé
sur le prénom de la Duchesse ?... Mais de
ce qu'elle s'appelle Odette, il ne résulte pas
qu'elle soit au mieux avec Toto... ce qui
serait par trop invraisemblable !...

MAMAN, *qui ne trouve rien de trop beau*

pour Toto. — Pourquoi, invraisemblable ?...

BONNE-MAMAN. — Parce que, ma pauvre enfant, il n'y a aucune raison pour qu'une duchesse jeune, riche, jolie et chic, soit la maîtresse de Toto... tandis qu'il y en a mille pour qu'elle ne la soit pas !...

MAMAN, *vexée.* — Mais, Maman, je ne vous comprends pas !... Toto est charmant !...

BONNE-MAMAN. — D'abord, il n'est pas charmant... il est très gentil, mais pas charmant !... Ensuite, fût-il charmant, et très charmant, que ça n'expliquerait pas encore ce choix étrange d'un petit bonhomme de dix-huit ans, d'origine obscure et...

PAPA, *assez judicieusement.* — L'origine n'a rien à voir à ces choses-là !...

BONNE-MAMAN. — D'accord !... quand le monsieur qui est le héros de l'histoire est un homme très distingué, ou très beau, ou très illustre, ou très quelque chose que Toto n'est pas...

MAMAN, *avec amertume.* — On ne vous

accusera pas d'être une grand'mère aveugle, Maman !..

BONNE-MAMAN. — On peut, sans être aveugle, être tout de même une bonne grand'mère...

PAPA. — J'ai la conviction de ne pas me tromper... Aussi, à partir du jour où j'ai eu fait cette dé ouverte, je n'ai rien tenté pour entraver les sorties de Toto... J'ai, au contraire, fermé les yeux... Et, tout à l'heure, quand vous étiez là à vous acharner pour l'empêcher de sortir, ce pauvre petit, je ne disais rien, je vous désapprouvais par mon silence... Je sais comprendre quel immense avantage il y a pour mon fils, à ... débuter par une jeune et jolie femme du grand monde, au lieu de tomber sur la vieille drôlesse de bas étage, qui est ordinairement le lot des tout jeunes gens...

MAMAN, *ramenée soudain par cette image à la réalité.* — C'est égal !... Ça me fait gros cœur de penser que mon Toto... mon petit Toto si pur... (*Elle pleure.*)

PAPA. — Voyons, ma bonne amie, il faut

te faire une raison ?... Ton fils ne pouvait pas rester indéfiniment pur... comme tu dis ?... Et, puisqu'il devait inévitablement sauter le pas, mieux vaut qu'il l'ait sauté dans ces conditions exceptionnelles.

BONNE-MAMAN, *au cousin François.* — Qu'est-ce que tu en dis, toi ?...

LE COUSIN FRANÇOIS. — Je dis que je suis moins convaincu qu'Alfred que Toto a sauté le pas, dans des conditions exceptionnelles... mais que je suis très certain qu'il l'a sauté...

MAMAN. — Ah !... A quoi vois-tu ça ?...

LE COUSIN FRANÇOIS. — A sa bobine... une sale petite bobine vannée !... Même que... (*A papa.*) à ta place, mon vieil Alfred, je ne m'ingénierais pas trop à lui ménager d'innombrables sorties... Je tâcherais au contraire de le modérer un peu...

BONNE-MAMAN, *qui suit toujours son idée.* — Titine est, j'en suis sûre, beaucoup mieux renseignée que nous sur tout ça... On pourrait peut-être la questionner ?...

MAMAN. — Adroitement...

BONNE-MAMAN. — Adroitement ou pas !...
Elle doit savoir des tas de choses !...

PAPA. *Il sonne.* — Oui, probablement...
Elle aussi a dû remarquer...

MAMAN, *convaincue.* — Une jeune fille
ne voit pas ces choses-là !... (*Le cousin
François jette sur maman un regard compa-
tissant.*)

PAPA, *au domestique qui entre.* — Dites
à mademoiselle Christine de venir...

MAMAN. — Prends garde, au moins, de ne
· ıs l'effaroucher ?...

PAPA. — Sois donc tranquille !...

TITINE. *Elle entre en bombe.* — Vous
m'demandez ?... (*Un temps.*) Vous avez fini
de dire des gaudrioles ?...

PAPA, *furieux.* — En vérité, ma petite, tu
as des façons de parler !...

TITINE. *Elle se rassoit, déplie paisiblement
son ouvrage et se remet à broder.* — Parce
que je fais pas des guirlandes et que je
prends pas des airs ignorants...

PAPA, *sévère.* — Entre faire des guirlandes et...

TITINE. *Elle le coupe.* — Et qu'est-ce que c'est que vous avez à me demander ?...

PAPA, *interloqué.* — Mais... rien... nous...

BONNE-MAMAN, *nettement* — Tu es au courant de ce que fait ton frère, toi, n'est-ce pas ?...

TITINE, *prudente, sans lever le nez de dessus son ouvrage.* — Ça dépend de ce que vous appelez au courant...

BONNE-MAMAN. — Enfin, sais-tu, oui ou non, où il va quand il sort ?...

TITINE, *sincère.* — Non !...

BONNE-MAMAN, *déçue.* — Ah !...

TITINE. — Mais je sais où il ne va pas...

LE COUSIN FRANÇOIS, *intéressé.* — Il ne va pas aux réunions ?...

TITINE. — Jamais !... C'est-à-dire, il n'y va plus...

BONNE-MAMAN. — Depuis quand ?...

TITINE. — Depuis qu'il a reçu un pain, et un vrai, sur son joli petit museau... Cette fois-là, je crois qu'il y était vraiment allé, à

la réunion... mais il en a eu sa claque !...
(*Bonne-maman rit.*)

MAMAN, *timidement*. — Il a pourtant con-
tinué à sortir ?...

TITINE. — Oh ! ça ! oui !...

PAPA. — Où crois-tu qu'il va quand il
sort ?...

TITINE. — Ça, j'm'en doute pas !...

MAMAN. — Alors, comment sais-tu qu'il
ne va pas à la réunion ?...

TITINE. — Parce qu'il se met en habit...
et qu'il se parfume... et qu'il a un œillet à
sa boutonnière... et qu'il emporte une lorgnette... C'est la première fois que je lui
ai vu prendre sa lorgnette que j'ai compris...

BONNE-MAMAN. — Quoi ?...

TITINE. — Ben, qu'il allait pas se co-
gner... On prend pas sa lorgnette pour voir
à qui on a donné un coup de poing, pas ?...
ni qui c'est qui vous en a donné un ?...

LE COUSIN FRANÇIS. — Voilà qui est très
juste !... Et alors ?...

TITINE. — Alors quoi ?...

LE COUSIN FRANÇOIS. — Qu'est-ce que tu as supposé ?...

TITINE, *avec simplicité*. — Dame !... que Toto s'en allait tout bonnement faire la fête avec le petit Montsoreau et d'autres Mégottiers du même tonneau...

LE COUSIN FRANÇOIS. — Cette petite est pleine de bon sens !... (*Il rit.*)

BONNE-MAMAN. — Alors, c'est une blague, les Mégottiers du Prince ?...

LE COUSIN FRANÇOIS. — Oui et non !... Il y a, parmi les Mégottiers, des braves petits types qui adorent flanquer des coups et qui ne redoutent pas d'en recevoir... Des petits costauds meublants et sympathiques, qui sont venus là parce qu'ils recherchent la casse et les gnons, et qu'ils ont espéré y trouver l'un et l'autre... Ceux-là marcheraient avec nous demain si nous provoquions à notre tour des bagarres, comme ils auraient marché avec Déroulède, Dubuc et Guérin à un moment donné... Ça, c'est des bonnes et solides petites troupes, qui se font casser la figure avec entrain, sans battage et sans réclame, pour le plaisir uniquement... Mais c'est toujours ceux-là qui se font tuer !... Les autres, c'est des Totos et des Montsoreaux... c'est-à-dire des Mégottiers par roublardise, pour tirer des carottes à la famille, ou par snobisme, pour se faufiler dans le voisinage de la baronne de Van Birne et autres femmes du monde...

PAPA, *qui a son idée de derrière la tête.* — Maintenant que Toto en fait partie, des Mégottiers, il est préférable de ne pas le décourager... La situation qu'il peut prendre dans le parti me servira pour ma politique d'apaisement à Pont-sur-Loches...

LE COUSIN FRANÇOIS. — *La Volonté Franque* ne fait pas précisément de la politique d'apaisement, tu sais !... (*Il rit.*)

PAPA, *perplexe.* — Pourtant, ce bon monsieur de Latude, qui représente le duc d'Aquitaine, est...

LE COUSIN FRANÇOIS. — Mais monsieur de Latude n'est pas de *La Volonté Franque !*...

PAPA. — Je sais bien... mais c'est la même chose...

LE COUSIN FRANÇOIS. — !... !... !...

PAPA. — Et puis, comme tu le disais très
justement, son titre de Mégottier procure
à Toto de très belles connaissances qu'il
n'aurait probablement pas faites sans cela...

BONNE-MAMAN, *narquoise.* — Probablement !...

PAPA. — Sans parler de la marquise de
la Tour-de-Nesle... de la duchesse de la
Guerche... de la baronne de Van-Birne...
il y a cette... liaison galante avec une duchesse...

TITINE, *ahurie.* — Une liaison galante
avec une duchesse ?... Toto ?...

PAPA. — Mêle-toi de ce qui te regarde !...

TITINE, *curieuse.* — Vous voulez rien me
dire ?... Ben, attendez, allez !... Quand vous
me demanderez encore des choses que vous
saurez pas, vous verrez comme je vous les
dirai ?... As pas peur !...

PAPA, *radouci.* — Mon Dieu !... Si tu
tiens tant à être au courant de... de choses
qui ne regardent pas les petites filles... je
veux bien te dire que ton frère a... a fait la

connaissance... ou plutôt la conquête d'une très grande dame...

TITINE, *les yeux arrondis*. — D'une très grande dame ?... Où ça, la très grande dame ?...

PAPA, *péremptoire*. — Au faubourg Saint-Germain, naturellement !...

TITINE. — Non !... j'veux dire : « Comment savez-vous qu'il la connaît ?... »

PAPA. — Parce qu'elle lui écrit... (*Mystérieusement*.) sur du papier à son chiffre... avec sa couronne...

TITINE. — Ah !... je les ai vues les lettres que vous dites... Mais je croyais que c'étaient des convocations de la baronne de Van-Birne...

PAPA. — Eh bien, non !... Il ne s'agit pas cette fois de politique... mais de... de...

TITINE, *curieuse*. — Télégraphie, télégraphie, si c'est pour moi ?... De quoi s'agit-il ?...

PAPA. — De... de sentiment...

TITINE. — De sentiment !... Toto a un sentiment pour une grande dame ?...

MAMAN. — C'est-à-dire que c'est une grande dame qui... du moins c'est ce que ton papa croit...

TITINE. — Quoi ?... C'est pas la grande dame qui a le sentiment, j' présume ?...

MAMAN, *piquée.* — Et pourquoi donc, ça, je te prie ?...

TITINE. — Oh !... (*Abrutie*). Une grande dame qui a un béguin pour Toto !... (*Avec étonnement.*) Ben, mon colon !...

BONNE-MAMAN. — Qu'est-ce que tu dis ?...

TITINE. — Je dis qu'il a eu du nez de se mettre de *La Volonté Franque,* c't'animal de Toto !... parce que, sans ça, y a pas beaucoup de grandes dames qui seraient venues ici avoir un pépin pour lui...

BONNE-MAMAN. — Quelle singulière façon de parler tu as, ma petite fille !... On ne comprend pas, moi, du moins, la moitié de ce que tu dis ?...

TITINE, *bon enfant.* — C'est bien possible !...

BONNE-MAMAN. — Tout à l'heure tu as dit... il me semble que tu as parlé d'une grande dame qui a un « béguin » pour Toto ?

TITINE. — Oui, Bonne-Maman !...

BONNE-MAMAN. — Et maintenant, tu viens de dire qu'elle ne serait pas venue ici avoir un « pépin » pour ton frère...

TITINE. — Oui !... On dit les deux !...

LE COUSIN FRANÇOIS. — Ça dépend où !...

LA SAINT-PÉPIN

Une immense salle pour « noces et banquets » à Bécon-les-Bruyères. La décoration habituelle. Andrinople, feuillages, franges d'or, etc... etc...

Autour d'un gigantesque fer à cheval, sont assis les gens les plus disparates. Royalistes vieux jeu et convaincus, et Royalistes de La Volonté Franque ; Mégottiers du Prince — de quatorze à dix-huit ans — sauf quelques types barbus qui détonnent au milieu des jeunes bandes. Quelques dames de La Volonté Franque et quelques jeunes filles royalistes.

TOTO, *courant autour du fer à cheval pour*

trouver la place qu'a dû lui garder Fernand de Montsoreau. — Mais, nom d'un p'tit bonhomme ! où diable suis-je ?... (Il aperçoit Fernand qui lui fait des signes..) Ah !... bon !... (Comme il est du mauvais côté du fer à cheval, il rebrousse chemin avec brus- querie, et cogne violemment un vieux monsieur qui marchait derrière lui.)

LE VIEUX MONSIEUR. — Sacrrré petit maladroit !...

TOTO, *furieux.* — Pouvez pas r'garder d'vant vous, s'pèce de vieille gourde !... (*Le vieux monsieur semble suffoqué.*) Escargöt d'muraille !... Ver de vase !... Croûton en panne !... (*Il finit par s'échouer à sa place, entre Fernand et un monsieur inconnu.*)

FERNAND. — Enfin !... C'est pas sans peine !...

TOTO. — C'est ce sacré vieux d'malheur qui m'a retardé en se jetant sur moi... (*Fernand lui fait signe de se taire. Il ne comprend pas et le regarde avec des yeux arrondis.*)

LE MONSIEUR INCONNU, *d'un air sévère.* —

Ce monsieur que vous avez bousculé, c'est
le marquis de Hauteroche... (*Geste de Toto.*)
Un des nôtres, érudit charmant, qui a écrit
une étude des plus remarquables sur
Louis XVI... et...

TOTO, *bourru*. — Eh ! quand ça serait
Louis XVI lui-même, il ne s'en est pas moins
fichu dans moi comme un vieux hanneton
en délire...

LE MONSIEUR. — Il faut excuser monsieur
de Hauteroche... Il était, comme nous
tous, accoutumé à la tranquille réunion des
années précédentes... Il ne s'attendait pas à
trouver dans cette salle, jadis un peu trop
déserte, l'ahurissant tohu-bohu d'aujour-
d'hui...

FERNAND, *à Toto, lui montrant la salle où
on crie, va, vient, et s'agite dans tous les
sens.* — Eh bien ?... Qu'est-ce que vous
dites de ça ?...

TOTO. — J'dis que ça manque de
femmes !... Oh ! oui !... Oh, la la, oui !...

FERNAND. — Il y en a pourtant !... Voici
la baronne de Van-Birne...

TOTO. — Oui... j'la vois bien !... Elle est charmante et j'la respecte... autant que si c'était ma mère... Mais, en fait d'femme...

FERNAND. — Évidemment !... Mais enfin, il y en a d'autres !...

TOTO, *qui inspecte la salle d'un air dégoûté.* — Oui... mes cousines Mouchot !... et ma Tante !... C't'une femme excellente, ma Tante !... c'est pas à moi à dire le contraire... mais enfin, au point de vue décoratif, y a mieux !... Voilà aussi les petites Grenage... et la petite Lubin... et mademoiselle de Hautelisse... (*Rageur.*) N'oublions pas mademoiselle de Hautelisse...

FERNAND, *agacé.* — Dame !... C'est les jeunes filles royalistes !... Je vous avais prévenu !... Elles sont comme elles sont !...

TOTO. — Justement !... Elles sont plus royalistes que jolies !... (*Fernand ouvre les bras en faisant signe qu'il n'y peut rien.*) Oh !... j'vous en veux pas !...

FERNAND. — Manquerait plus que ça !... Vous êtes comme un crin !... Qu'est-ce qu'il y a ?...

TOTO. — Y a que je gèle !... Fait un froid
d'canard !... Sais pas si vous vous en aper-
cevez?... Nous aurions pas dû venir... Vous
aviez dit qu' nous viendrions pas... (*Mouvement de Fernand.*) C'est vrai !... Faudrait
qu'ça soit l'été, une fête de roi !... faudrait
qu'y fasse beau !...

FERNAND. — Comme la Saint-Pépin tombe
le vingt et un février, il nous faut la prendre comme elle vient !... : Nous n'avons pas
choisi !...

TOTO, *narquois*. — Je l' pense !... Pépin ! Ce nom !... Un rai nom à coucher
dehors !... (*Il suit son idée.*) A propos
d'ça !... Vous n'savez pas ?...

FERNAND. — Quoi ?...

TOTO. — Ben, j'avais envie d'amener
Olympe !...

FERNAND, *effaré*. — Ça n'aurait pas été à
faire !...

TOTO, *geste large*. — Oh !... ma foi !...

FERNAND. — Mais voyons ?... Vous n'y
pensez pas !... Il y a des femmes du monde
ici !... il n'y a même que ça !...

TOTO, *coup d'œil à la fois attendri et dénigrant autour de la table.* — Ça se voit !...

FERNAND, *énervé.* — Mais sapristi !... Faites donc attention à ce que vous dites !... C'est des nôtres, toutes ces femmes-là !...

TOTO, *qui se verse depuis un instant des rasades de vin pour se réchauffer.* — J'y peux rien !... (*Un temps.*) Madame votre sœur est pas là, j'espère ?...

FERNAND. — Pas encore, mais elle va venir !...

TOTO, *niaisement.* — J'disais pas ça pour elle, vous savez !

FERNAND, *sèchement.* — Je le pense !...

TOTO. — V'là l' père Latude qui s'amène !... Qu'est-ce qu'il vient fiche ici, l' pauv' vieux ?...

FERNAND. — Comment, ce qu'il vient fiche ?... Ben, elle est sévère, celle-là !... C'est lui le représentant du duc d'Aquitaine ! Il vient pour parler !... 'turellement... C'est lui qui va porter l'toast comme tous les ans...

TOTO. — Bon ! bon !... J' savais pas !...

FERNAND. — Ah ! Voilà Peyrolles !...

TOTO. — Et Flambart !... et Combescassiou !... Pige-moi c't 'air triomphant qu'a Flambart... (*Mouvement de Fernand.*) Oh !... pardon !... j' vous ai tutoyé !...

FERNAND, *poli.* — Ça ne fait rien !...

TOTO, *que le bourgogne ingurgité rend expansif et tendre.* — Alors j' peux continuer ?... Nous nous tutoyons !... Ça y est !... Tu veux, dis, vieux ?...

FERNAND, *sans enthousiasme.* — Si vous voulez !...

TOTO, *qui promène avec attention sur les assistants des regards un peu voilés.* — Mais bon sang ! qu'est-ce que c'est qu' tous ces marrons sculptés qui sont groupés au milieu de la table ?...

FERNAND, *à demi-voix.* — Pas si haut ! (*Il pousse Toto du coude et lui indique le monsieur placé à côté de lui.*)

TOTO, *tenace.* — Vous les connaissez ?...

FERNAND. — Mais oui !... Ce sont les présidents des comités royalistes qui fonc-

tionnent dans les différents arrondisse-
ments...

TOTO. — Ben, ils en ont des tronches !...
Où est-ce qu'y les trouve, ces types-là, l'duc
d'Aquitaine ?... Y les fait donc faire exprès ?... (*Geste d'agacement de Fernand.*)
Tu veux pas m' dire où c'est qu'on les fa-
brique ?... (*Le monsieur assis à côté de Toto
quitte furtivement sa place.*)

FERNAND. — C'est idiot !... J'ai beau vous
dire de vous taire... ou de parler moins
haut... vous criez comme un âne des observations déplacées... Voilà monsieur de Bazeilles qui s'en va pour ne pas entendre des
choses blessantes sur ses amis...

TOTO. — Ben, tant mieux qu'y s'trotte!...
Si c'est pas un poteau, l'a rien à fiche à
côté d' nous... Sommes des bons, nous, des
purs !... (*Un jeune homme, qui paraît très
excité, vient s'asseoir à la place que M. de
Bazeilles vient de quitter, et dit bonjour à
Fernand.*)

FERNAND, *assez légèrement*. — Bonjour,
Laville... Ça va bien ?...

LAVILLE. — Pas mal... et vous ?... Dites donc, monsieur de Montsoreau, c'est-il aujourd'hui que nous allons leur river leur clou ?...

FERNAND. — Oh !... moi, vous savez, je ne suis pas dans les secrets des chefs !... Je marche quand on me dit de marcher, un point c'est tout !...

LAVILLE. — C'est pas assez !... Faut y aller de l'avant, sacredié !... Faut leur montrer, à tous ces salauds-là, que nous n'avons pas peur d'eux...

FERNAND. — Mais... (*Il regarde autour de lui avec inquiétude.*) Prenez garde, Laville... J'ai ici mes deux oncles de Guérande, qui sont de grosses légumes parmi les royalistes ancienne manière... et, je ne voudrais pas...

LAVILLE. — Eh bien, mais, je leur veux point de mal, moi, m'sieu de Montsoreau, à vos oncles !...

FERNAND. — J'en suis convaincu, mais vous avez des façons de parler plutôt menaçantes et qui...

LAVILLE. — Bah !... Faut bien en finir à un moment donné, pas vrai ?... Alors autant que ça soit aujourd'hui qu'un autre jour que ça se déclanche, puisque ça doit se déclancher...

FERNAND, *désireux de rompre les chiens.* — Voilà ma sœur... et mon beau-frère... Il était en retard, l'animal !... Tous les présidents d'arrondissement sont là... il n'y avait que lui...

LAVILLE, *avec regret.* — Tiens, oui !... C'est vrai !... M'sieu le marquis de la Tour-de-Nesle est président d'un bureau... Bah, tant pis !... Fallait pas qu'y aille !...

FERNAND, *inquiet.* — Mais... on dirait à vous entendre qu'il va se passer des événements extraordinaires ?...

LAVILLE. — Pas extraordinaires... On va mettre les choses au point... voilà tout !...

FERNAND, *intrigué.* — Quelles choses ?... Comment ça ?... Je ne comprends pas un mot !... (*Toto continue à se verser du vin.*)

LAVILLE. — Vous allez entendre le discours de notre Flambart !...

FERNAND. — Comment, le discours de not... (*Il se reprend.*) de Flambart ?... Mais il n'est pas dans les orateurs inscrits, Flambart !... Il ne parle pas...

LAVILLE. — Non... Ben, vous allez voir ça !...

FERNAND, *perplexe.* — Ah !...

TOTO, *la langue pâteuse.* — Je te recommande ce sacré p'tit cochon d' Moulin-à-Vent... y s'laisse boire... (*Il boit.*)

FERNAND, *embêté.* — Je le vois !... Mais c'est assez !... Voyons, Toto... Voyons... vous avez assez bu !...

TOTO. — Que tu dis !...

FERNAND. — Ne buvez plus !... (*Il veut changer de place les bouteilles.*)

TOTO. *Il saisit une des bouteilles et la serre à pleins bras contre lui.* — Tu veux rire !... Ou alors, demande-moi ça gentiment... en m' tutoyant... Dis-moi : « Mon vieux Toto, fais-moi l' plaisir de plus boire ?... Sois bien gentil ?... Fais ça pour moi ?... » Alors j' boirai plus... Répète un peu ?...

FERNAND, *agacé*. — Tenez-vous tranquille !...

TOTO. *Il se cramponne au fond de la bouteille que Fernand est parvenu à saisir par le cou.* — Tire pas, ou j'vais gueuler !...

FERNAND, *très embêté.* — Oh ! voyons... Pas d'bêtises !...

TOTO. — Pas d' bêtises !... Non !... J' t'en prie ?... Répète un peu ?... Pas d'bêtises ?... Ben, qu'est-ce que je serais venu f... ici, alors ?...

FERNAND, *résigné* — ...

TOTO. — Vas-tu t' taire !... (*Il montre M. de Latude qui s'est levé.*) L'ancêtre va parler !...

MONSIEUR DE LATUDE. *Il prend la parole au milieu d'un silence relatif.*

« Messieurs !...

» La Saint-Pépin est en même temps... (*Murmures, houle, grognements. M. de Latude étonné s'arrête et se penche vers son voisin, auquel il semble demander des ex-*

plications. Le voisin, royaliste né et non royaliste d'occasion, est étonné aussi et cherche ce qui a pu provoquer cette surprenante rumeur. A force de chercher, il imagine que c'est parce que l'orateur a négligé de s'adresser aux dames présentes, que l'on a fait à sa première phrase un sort inattendu. Alors, le pauvre homme, qui, s'il n'est pas habitué à voir des femmes à la tête du parti, est, du moins, d'une politesse extrême, reprend, navré de sa gaffe et désireux de la faire oublier.) « Mesdames !... Messieurs... « La Saint-Pépin n'est... » *(Remurmures, regrognements, cris d'animaux. M. de Latude s'arrête, véritablement ahuri, cette fois, et demande à son voisin.)* Qu'est-ce qu'ils ont encore ?...

LE VOISIN, *bas.* — Vous avez oublié les jeunes filles... *(M. de Latude pose sur lui un œil littéralement abruti.)* les jeunes filles royalistes...

MONSIEUR DE LATUDE, *résigné.* — Mesdames, Mesdemoiselles, Messieurs !... La

Saint-Pépin n'est pas seulement la fête du Roi, c'est aussi la fête de tous les royalistes... (*Mouvements divers, murmures, agitation.*) c'est-à-dire de tous les vrais Français... (*Tapage. M. de Latude reste d'abord abasourdi, puis reprend.*) Et puisque ce grand honneur m'est réservé de répondre au nom du Roi...

voix. — Oh ! la la !...

— A quelle heure qu'on t'couche ?...

— Kokorikooo !...

— Hip !... hip ! hurrah !... (*Un instant de silence.*)

MONSIEUR DE LATUDE. — Je ne sais, en vérité, Messieurs...

voix. — Hou !... hou !...

MONSIEUR DE LATUDE, *précipitamment.* — Mesdames... Mesdemoiselles !... En ce jour de fête qui réunit tous les bons Français dans une même pensée, sous un même drapeau, il faut... (*Cris, hurlements.*)

(*Jean paraît à la porte de la salle et regarde curieusement le tumulte.*)

FERNAND. — Tiens !... Jean de la Guerche !... Qu'est-ce qu'il vient fiche ici ?...

TOTO, *étonné*. — L'est pas royaliste ?...

FERNAND. — Mais non !... Je vous l'ai déjà d'c...

LAVILLE, *indigné*. — Pas royaliste ?... un duc ?... Si c'est Dieu possible !...

MONSIEUR DE LATUDE. *Il essaie de dominer le tumulte.*

« Il faut, dis-je... (*Les cris redoublent.*)

— Cott ! Cott ! Cott ! Cott ! Codette !...

— Ohé ! là !... Ohé !... Ohé !...

— Viens poupoule !... Viens poupoule !...

JEAN, *d'une voix retentissante.* — Et l' Deux Décembre ! ! !... (*Ce cri a un succès fou. Deux cents voix le reprennent en chœur. 1° Les voix des Mégottiers négligents des partis politiques qu'ils ne veulent connaître que pour s'asseoir dessus ; 2° des Mégottiers de la qualité morale et intellectuelle de ceux qui ont jeté de l'encre et frictionné avec l'huile de ricin.*)

— Et l'Deux Décembre !...

— Et l' Deux Décembre ! ! !... (*On croirait que la salle va crouler sous le bruit.*)

FERNAND, *qu' n'est pas fort en histoire —
non plus qu'en autre chose d'ailleurs —
mais qui comprend que, tout de même,
c'est un peu excessif.* — Sont-ils bêtes !...
Non !... C'est épatant, ce qu'ils sont bêtes !...
(Il regarde Jean qui se tord.) — C'est bien
ça !... Il a voulu rigoler !...

MONSIEUR DE LATUDE. — Messieurs !
*(Hurlements. Cette fois, M. de Latude n'y
prend pas garde et dit simplement, au milieu d'un indescriptible tapage :)* Je re-
nonce à vous transmettre les remerciements
et les ordres de Monseigneur, auquel j'aurai'
le regret de dire qu'il m'a été impossible
d'accomplir la mission dont il avait daigné
me charger... *(Les hurlements redoublent.
M. Jules Flambart se lève et prend la parole
au milieu d'un silence respectueux.)*

« Mesdames, Mesdemoiselles,
» Messieurs,

» Si le grotesque Pierre Défiant Painde-
bout et son compère le Jean f...., le soute-

neur, le marlou... j'ai nommé Thémistocle Luisant, pouvaient me faire ici même empoigner par leurs sbires et jeter pantelant à vos pieds, après m'avoir fait subir les plus innommables tortures, ils courraient s'en commander, de joie, un veau Marengo... (*Monsieur de Latude, qui a écouté ce début d'un air consterné, se lève doucement et se dirige vers la sortie.*) ...alors que je serais heureux de souffrir ces supplices pour l'amour et la gloire du Roi.

» Car, sans le Roi, pas de salut. Pas de salut pour la France ! Pas de salut pour l'âme française, cette âme religieuse et claire, que je veux incarner dorénavant, absolument et profondément, pour l'édification du Parti.

» Lorsque notre Roi sera venu, beau comme un jeune Dieu, s'asseoir au milieu de nous sur le Trône vénéré de ses ancêtres, nul murmure ne s'élèvera plus de la foule, qui frissonne aujourd'hui, avilie et apeurée, sous la férule des souteneurs et des cuistres, mais qui alors se relèvera, soudain

grandie, à l vue du noble sceptre d'or de
ses rois.

» Lorsque Pépin III, le Juste, étendra
sur nous son manteau fait d'un morceau du
ciel, aucune animosité, aucune colère ne
trouvera plus de place au milieu de nos rangs
heureux. Toutes les querelles, toutes les
quelconques petites difficultés de la vie seront aplanies par la seule volonté du Roi.
Car, ainsi que vous l'a si excellemment
expliqué notre Grand, notre Magnifique
Peyrolles, le Roi sera « L'ARBITRE » dont
le jugement réduira immuablement à néant
les plus minimes difficultés intestines, aussi
bien que les plus gigantesques conflits
extérieurs.

» Notre Roi qui sera pour nous, en temps
de paix, le plus tendre, le meilleur, le plus
juste et le plus éclairé des pères, deviendra,
en temps de guerre, un admirable meneur
d'armées, un conquérant génial.

» Et ce n'est pas seulement la confiance
infinie et l'ardente admiration que m'inspire le Roi qui m'incite à vous parler de la

sorte. Non, c'est l'expérience qui nous a
révélé les étonnantes capacités militaires de
ce Prince, voué jusqu'ici par le malheur à
une scandaleuse inaction.

» Un grand général a vu jadis le Duc
d'Aquitaine parcourir le terrain où fut livrée
la bataille d'Iéna. Eh bien, phénomène sin-
gulier, le Roi ayant indiqué sommairement
au général de quelle façon, obligé de livrer
la bataille, il eût disposé ses carrés, il se
trouva qu'il les eût précisément disposés
comme avait fait l'empereur...

» Mais hélas, l'heure me presse, et je
dois laisser la parole à Madame la Baronne
de Van-Birne, l'âme si charmante et si
vivante de notre *Volonté Franque* qui est
son œuvre... Je veux seulement vous énu-
mérer, une dernière fois, ce que le règne
de votre Roi vous apportera de gloire et de
bonheur.

« Plus de bandits au pouvoir, plus de
Thémistocle !... le poisson de Nantes s'en-
volera pour ne plus revenir !... Les dettes
de guerre seront acquittées sans difficultés,

sans accrocs, par la seule diplomatie d'un Prince que toutes les puissances européennes aiment et se disputent l'honneur d'héberger tour à tour. D'abord, parce qu'il leur témoigne sa reconnaissance de cette hospitalité avec une délicatesse infinie, ensuite, parce que la dignité de sa vie est un exemple pour tous les souverains, aussi bien que pour tous les concitoyens de tous les pays.

» Avec la venue du Roi disparaîtra également cet abominable divorce, qui tue la famille de chez nous et jette, dans notre France si profondément chrétienne, des légions d'enfants sans mères et de femmes sans Dieu.

» Enfin ce sera le bonheur avec son cortège de paix, de dignité et de gloire !...

» Nous avons à portée un admirable Roi, le Roi qui nous a donné la Charte de San Juan, Pépin III.... Ce Roi a un champion glorieux entre tous, Jacques Peyrolles !... Nous n'avons qu'à étendre la main vers eux pour devenir soudain les Maîtres de l'Ave-

ir !... » (*Cris, bravos, hurlements. On porte
M. Jules Flambart en triomphe.*)

TOTO, *s'éveillant d'un demi-sommeil, et
regardant ses voisins avec des yeux arrondis.* — Qu'est-ce que c'est ?... Qu'est-ce
qu'il a dit ?...

FERNAND. — Cherchez pas à comprendre,
allez !...

TOTO. — J'veux lui répondre ?... Je... (*Il
se lève et dresse en l'air un bras, qu'il agite
comme un collégien qui demande au profes-
seur la permission de sortir.*) Eh ! là-bas !...
J' veux lui répondre !... D'abord c'est pas
difficile, d'lui répondre... Y bafouille... L'a
bafouillé tout l' temps !...

FERNAND, *qui cherche à faire rasseoir
Toto.* — Mais non... mais non !... Il a très
bien parlé...

TOTO, *qui s'entête avec le paisible achar-
nement des ivrognes.* — Lui ?... Tu veux
rire... Ah ! c'te gourde !...

FERNAND. — Voyons !... Voyons, Toto !...
Asseyez-vous !...

TOTO. — Quand j'devrais mourir...

FERNAND. — S'agit pas de mourir, mais seulement de vous taire...

TOTO. — Me taire ?... Jamais !... (*Il veut se verser à boire.*)

FERNAND. — Ah !... Voilà madame de Van-Birne qui va parler...

TOTO. — Parler ?... Elle aussi... Ah ! ça !... y a donc qu' moi qui n' parle pas !... (*Il veut escalader la table.*)

FERNAND. — Dieu ! qu'il est embêtant !...

TOTO, *qui s'est rassis et regarde sa montre.* — Faut qu' j'aille voir si elle vient... L'est p't'êtr' là !...

FERNAND. — Qui ça ?...

TOTO. — Ben, Olympe, pardi !..

FERNAND. — Comment !... C'est sérieux ?...

TOTO. — Si ça l'est ?... Tu vas voir ça, mon vieux !...

FERNAND. — Voyons !... voyons... Il n'est pas possible que vous ayez fait une chose pareille ?...

TOTO. — Quelle chose pareille ?...

FERNAND. — Eh bien, que vous ayez dit

à cette grue de venir vous rejoindre ici...

TOTO. *Il se dresse en brandissant la bouteille.* — Qu'est-ce que tu dis ?... Qu'est-ce que tu dis ?... Répète un peu c' que t'as dit pour voir... Répète ?... Non, mais j't'en prie, répète !... (*On commence à loucher sur ce coin turbulent.*)

FERNAND, *sérieusement embêté.* — Mais je n'ai rien dit... (*Il veut forcer Toto à s'asseoir.*)

TOTO. — Si !... J' veux savoir c' que t'as dit...

FERNAND. *Il hausse les épaules.* — Quelle scie !...

TOTO. — C'est pac' que j'ai l'jà demandé ça tout à l'heure... après que le gros Plumard a eu parlé, hein, qu' tu dis « quelle scie !... » ... Oui... j'l'ai demandé... Je r'connais que j'lai demandé... Mais, c'était par politesse... J' tenais pas à c' qu'on m' réponde... (*Confidentiellement.*) Entre nous, m'en f..., moi du gros Plumard... !...

FERNAND. *Il lance un regard de détresse vers Jean qui, debout sur le seuil de la salle, au milieu des chauffeurs et des curieux de Bécon-les-Bruyères, semble s'amuser énormément* — Oui.... oui !... Vous avez raison... Mais ne faites pas de bruit, ne...

TOTO. — Pas d'bruit !... Ah ! non !.... Laisse-moi rire!.. Pas d'bruit!... (*La langue de plus en plus pâteuse.*) Et pourquoi donc que j'serais ici si c'était pas pour en faire, du bruit ?...

CRIS. — Vive le Roi !...

— Vive le Duc d'Aquitaine !...

— Vive Pépin III...

TOTO. *Il écoute en riant aux anges.* — Pépin !... Encore !... Ce nom !... M'y ferai jamais, moi, à c' nom-là !... (*Il monte debout sur sa chaise et hurle, tandis que Fernand s'accroche éperdument à lui et veut le faire descendre. A ce moment, la houle qui agitait depuis quelques instants la salle semble se localiser vers un point précis. On entend quelques cris, on voit se lever quelques cannes.*)

LAVILLE. *Il quitte précipitamment sa place pour courir vers la bagarre.* — Ah !

mais !... On se cogne là-bas !... J'en
suis !...

TOTO, *changeant soudain d'idée et regardant Laville avec mépris.* — Il en est !...
Quel idiot !... Y risque de recevoir des
coups !...

UN MONSIEUR D'UN CERTAIN AGE, *qui est
assis de l'autre côté de la place que Laville
vient de quitter.* — Dame ! les Mégottiers
sont faits pour ça !...

TOTO. — Pour recevoir des coups ?...

LE MONSIEUR. — Et pour en donner...

TOTO. — En donner... plutôt !... Et encore !...

JEAN, *qui s'est approché, à Fernand, d'un
ton narquois.* — Qu'est-ce que c'est que des
Mégottiers de carton qui restent à leur place
pendant que les camaros se fichent des
coups ?...

FERNAND, *embarrassé.* — Ah !... C'est
vous, Jean !...

TOTO. *Il reconnaît Jean et lui fait des sa-
luts profonds.* — Monsieur le Duc !... mes
respects !...

FERNAND. — Je croyais que vous ne deviez pas venir au banquet ?...

JEAN. — Aussi ne suis-je pas venu au banquet, mais « regarder » le banquet, ce qui est tout différent... Je ne suis d'ailleurs venu que parce que je savais qu'il y aurait du chahut...

FERNAND. — Ça vous amuse ?...

JEAN. — Beaucoup !... Cette destruction du royalisme par *La Volonté Franque* m'intéresse infiniment...

FERNAND. *Il croit devoir protester.* — Mais... *La Volonté Franque* ne détruit pas...

JEAN. — Si, mon petit !... Tant que le parti n'avait contre lui que lui-même, il n'était déjà pas bien faraud... mais maintenant qu'il a pour lui *La Volonté Franque* et les Mégottiers, il est dans le lac... Ce dont je me réjouis infiniment...

FERNAND, *pointu.* — Cela réjouit peut-être moins la Duchesse ?...

JEAN. — Maman est une vieille impérialiste, alors tout ça lui importe peu...

TOTO, *à Fernand.* — T'as dit la Duchesse,
en parlant de madame la Duchesse de la
Guerche à Monsieur...

FERNAND, *qui ne comprend pas où Toto
veut en venir.* — Et après ?...

TOTO, *la langue collée au palais, faisant
pour articuler d'inutiles et terribles efforts.*
— Et après, pourquoi m' dis-tu qu'y faut
pas l' dire, puisque tu l' dis ?...

CRIS. — Vive Pépin III...

— Vive la baronne de Van-Birne !...

— Vive le Roi !...

— Vive la Volonté Franque !...

— Vive Jeanne d'Arc !...

— Vive Flambart !...

(*Jean rit.*)

FERNAND, *un peu dépité de le voir rire.* —
Je ne vois pas ce qu'il y a de risible ?... Il
est impossible que vous ne constatiez pas
l'entrain avec lequel ces cris sont poussés ?...

JEAN. — Je constate très volontiers cet
entrain !... Ces cris multiples et divers sont
poussés avec force... avec rage même...

Mais je constate également l'absence du seul cri intéressant, du seul qui pourrait redonner un semblant de vie à ce parti désuet...

FERNAND. — Quel est ce seul cri ?...

JEAN. — Vive la France !... tout bonnement... Car vous êtes si naïvement arrivistes, si inconsciemment utilitaires, que vous négligez même de donner à la France l'illusion que vous vous occupez d'elle... Certes, je ne nie pas le prestige de Jeanne d'Arc, non plus que celui de monsieur Jules Flambart !... Mais enfin, la France me paraît devoir entrer en première ligne de compte, et non pas être seulement un enjeu...

FERNAND. — Tout ça c'est des mots !...

JEAN. — C'est effectivement des mots !... Mais ces mots-là sont encore compris des anciens royalistes... un peu miteux, un peu ridicules, si vous voulez, mais honnêtes et dignes, comme ce vieux marquis de Latude, que vous avez empêché de parler avec une muflerie sans égale, et qui a fui devant l'éloquence un peu... spéciale de

Monsieur Jules Flambart... Aujourd'hui
vous avez abusé de sa faiblesse... Demain
votre journal lui reprochera sans doute sa
politesse ou sa pauvreté... N'empêche que,
tout sacrifié qu'il soit, son rôle demeure
quand même le meilleur...

FERNAND. — Ça m'étonnerait s'il était de
votre avis...

JEAN. — Ça m'étonnerait aussi... Car, lui,
doit juger en vaincu ce que, moi, je juge
en simple spectateur... De même que vous
êtes, je pense, très fiers de cette belle victoire
de *La Volonté Franque*, les royalistes
vieux jeu doivent être humiliés, et surtout
étonnés d'avoir vu battre leur parti par des
troupes d'aventure...

FERNAND. — En quoi, pourquoi d'aventure ?...

JEAN. — Parce que les vrais royalistes
sont des catholiques et des croyants, et qu'ils
ne peuvent pas considérer comme régulières
des troupes commandées par des athées et
des sauteurs... Parce que, précisément, le
décorum et la correction sont de première

nécessité pour représenter certaines traditions qui, quoi qu'on fasse, ne peuvent pas être modernisées et accommodées à la moralité du jour !... Pour incarner l'intransigeance, il faut avoir de quoi se montrer intransigeant... (*Des cris affreux partent du dehors.*)

TOTO, *inquiet.* — Ah !... mon Dieu ! Qu'est-ce que c'est que ça ?... (*Subitement dégrisé.*) Si qu'on se trotterait, hein ?...

JEAN, *à Fernand.* — Il ne m'a pas l'air très belliqueux, le jeune Mégottier que tu patronnes ?...

FERNAND, *qui se précipite vers la sortie.* — On peut être belliqueux, et ne pas se soucier d'être étouffé ou rôti dans une salle !... Ils sont saouls comme des bourriques... et ils seraient fichus de nous faire griller là-dedans comme des cochons... On voit bien que vous ne les connaissez pas, ces veaux-là ?...

JEAN. — Je ne les connais pas... mais je les devine !... (*On arrive enfin à « l'air libre » comme dit Toto, qui respire large-*

ment. Dans l'avenue, les Mégottiers se bat-
tent autour de leur drapeau.)

FERNAND, *suffoqué.* — Comment !... Ils
se battent entre eux, à cette heure !...

JEAN. — C'est logique !... (*A ce moment,
Laville sort à grand'peine de la mêlée et
vient se réfugier à côté de Jean, de Toto et
de Fernand qui, tous les deux, sont restés
prudemment à l'écart.)*

FERNAND, *stupéfait, à Laville.* — Mais sa-
cristi ! pourquoi diable se battent-ils les uns
contre les autres ?...

LAVILLE. — C'est parce qu'il y en a qui
ont voulu choper un agent en bourgeois...
Le mouvement n'a pas été compris des autres, et ils se sont vaguement cognés... (*Il
regarde les dernières convulsions de la bagarre.*) Mais, nom d'un chien !... ils vont
assommer Cachalot... Allez-y donc, monsieur de Montsoreau...

FERNAND, *sans bouger.* — Pourquoi n'y
allez-vous pas vous-même ?...

LAVILLE. — Oh !... C'est pas pour me
ménager... C'est que... (*Jean se précipite et*

aidé le petit Mégottier qu'on esquinte à se dégager.) Merci bien, Monsieur !... c'est que, voyez-vous, aujourd'hui je n'aurais pas voulu attraper un mauvais coup, parce que faut absolument que je sois en forme dimanche...

JEAN, *qui rajuste ses manchettes un peu fripées.* — Qu'est-ce qu'il y a donc dimanche ?...

LAVILLE. — L'inauguration de la statue de Jaurès...

FERNAND. — Ah !... ça va barder ?....

LAVILLE. — Oh !... Je ne crois pas qu'il y ait grand'chose !... Mais c'est moi qu'on m'a fait l'honneur de choisir pour cracher à la figure du Président du Conseil...

JEAN. *Il salue.* — Mes compliments !...

LE DÉSASTRE

Chez les Dubreuil. On attend papa qui est allé passer une semaine à la campagne, en Indre-et-Cher, afin de prendre le vent et de savoir ce que l'on va faire pour l'élection de l'arrondissement de Pont-sur-Loches.

TITINE. *Elle entre dans le salon où Bonne-maman, Maman et Toto attendent l'heure du déjeuner. Maman et Bonne-Maman travaillent. Toto lit « La Volonté Franque ».* — Mariette demande si elle doit servir ou s'il faut attendre Papa ?...

BONNE-MAMAN. *Elle ouvre la bouche pour dire d'attendre.* — Il faut at...

TOTO. *Il coupe.* — Faut servir !... Il fait une faim !...

BONNE-MAMAN, *à Titine.* — Tu diras que

l'on attende un quart d'heure... A midi un quart, si ton Papa n'est pas là, on déjeunera... (*Titine sort.*)

TOTO. — Mais pas du tout, je... (*Maman jette sur Toto un regard inquiet.*)

BONNE-MAMAN, *nettement.* — Tu vas te taire, n'est-ce pas, mon petit !... (*Maman sort aussi.*)

TOTO. — Alors, je vais déjeuner seul... Je suis convoqué pour...

BONNE-MAMAN. — Oh ! assez, n'est-ce pas ?... C'est bon pour ta pauvre Maman, ces histoires-là !... et même, à la rigueur, pour ton Papa qui a la faiblesse de croire, sinon à tes convocations, du moins à d'autres balançoires... Mais il est inutile de sortir tout ça pour la vieille grand'mère qui n'y coupe pas... pour parler comme ta sœur et toi...

TOTO. *Il fouille fébrilement dans un petit porte-cartes.* — Voulez-vous que je vous la montre, ma convocation ?...

BONNE-MAMAN. — Oh !... mais, je ne dis pas que tu ne l'as pas reçue !... Je dis seu-

lement que je te connais assez pour savoir
que tu n'es pas un type à t'en aller recevoir
des horions, ou même risquer d'en recevoir, pour le service du Roi ou n'importe
quel autre service... Je sais que tu t'amuses,
que tu te la coules douce, et que tu fais un
tas de choses que tes parents ne soupçon-
nent pas, ou que, du moins, ils se plaisent à
entourer d'une auréole... (*Toto affecte de
cacher dans le petit porte-cartes une lettre
dont l'enveloppe est timbrée d'un O sur-
monté de la couronne ducale, tandis que, de
son côté, Bonne-Maman affecte de ne pas
voir cette lettre et tricote d'un air appliqué.*)
Je te dirai seulement, mon petit, que tu as
une mine abominable et que tu ferais bien
de ménager un peu ta santé...

TOTO. — Mais, Bonne-Maman, je ne...

BONNE-MAMAN. — Inutile de me répondre,
mon bonhomme, je serais au regret de t'im-
poser un mensonge de plus... D'autant que
ce serait un mensonge parfaitement inutile... (*On entend le timbre de la porte d'entrée, puis un bruit de voix.*) Tiens !... le

voilà, ton Papa... Tu n'auras pas à attendre longtemps !... (*Papa entre en bombe par la porte qui ouvre sur l'antichambre, tandis que Maman arrive par la porte de sa chambre, et Titine par celle de la salle à manger.*)

MAMAN. — Tu as fait bon voyage ?... Nous étions inquiètes !... Pourquoi nous as-tu laissées sans nouvelles ?...

PAPA, *sombre*. — Pour les nouvelles que j'avais à vous donner...

MAMAN, *timidement*. — Tu... tu te présentes toujours aux élections, n'est-ce pas ?

PAPA. — Ah ! ouiche !... Fichue, mon élection, ratiboisée, écrabouillée !...

BONNE-MAMAN. — Mais qu'est-ce qu'il y a donc ?... Vous étiez... d'après votre lettre... décidé absolument...

PAPA, *amer*. — Décidé... parce que tout le monde me conseillait de me présenter, et que, au début, je ne savais encore rien... ni les autres non plus... (*Il court furieux sur Toto.*) Tu ne pouvais pas me prévenir, au lieu de me laisser marcher comme un imbécile, espèce de petit voyou !...

MAMAN, *atterrée*. — Mais, mon ami, à quoi penses-tu ?...

PAPA, *horripilé*. — Je pense que c'est à ce petit drôle que je dois de voir mon élection à vau-l'eau... et à sa cochonnerie de *Volonté Franque*... *(Toto impassible continue à lire « La Volonté Franque ». Papa la lui arrache violemment et en fait un bouchon qu'il lui frotte sur la figure.)* Attends un peu, va, que je te mouche dans ton sale journal...

TOTO, *il est bleu de colère*. — Tu deviens fou, je pense ?...

PAPA. — Te souviens-tu de tes belles promesses, quand tu voulais m'arracher mon consentement pour être Mégottier ?... Tu me disais : « Tu deviendras, grâce à moi, non seulement l'ami du comité royaliste, mais en quelque sorte son chef... Monsieur de Latude, que tu consultes aujourd'hui, te demandera conseil alors... Tu seras tout-puissant dans le parti... *(On annonce le dé-*

jeuner.) Allez déjeuner sans moi, je n'ai pas faim !...

TITINE. — Voyons, P'pa !... Viens avec nous... Tu nous raconteras tout à table...

PAPA. — C'est ça... pour que Joseph se f... de moi !...

MAMAN, *effarée.* — Mais, Alfred, je ne te reconnais plus !... (*On passe dans la salle à manger. Le déjeuner est silencieux. Dès que le domestique a apporté les bols, Toto se lève et s'apprête à quitter furtivement la pièce.*)

PAPA. — Reste !... (*Toto repousse sa chaise.*) Reste, tu m'entends !... Je te préviens que je ne suis pas d'humeur à badiner...

TOTO. *Il se rassoit.* — Moi non plus !...

PAPA. — Maintenant que nous sommes seuls, je vais vous conter les avanies que je dois au joli petit monsieur que voilà !... Comme j'étais très pressé et accablé d'affaires avant mon départ, j'avais été plusieurs jours sans lire *La Volonté Franque...* que je lis d'ailleurs plutôt sommairement toujours... et j'avais à peine regardé les autres journaux... Je ne savais donc rien...

MAMAN. — Quoi, rien ?...

PAPA. — Vous allez voir... J'arrive aux Fougères, je vais à Pont-sur-Loches... et là tout le monde me dit : « Faut vous présenter pour remplacer monsieur de Vyéladage... Si vous êtes soutenu par les royalistes, vous passerez comme une lettre à la poste... Ça ne fera pas un pli... » Naturellement, je réponds que j'ai pour moi les royalistes, puisque cette brute-là... (*Il indique du menton Toto.*) m'avait dit que j'étais sûr de les avoir... Après quoi je m'en vais, de mon pied léger, voir monsieur de Latude qui, d'abord, me reçoit, comme toujours, admirablement... Mais voilà !... J'ai la malheureuse idée de lui dire que, grâce à mon fils, qui est Mégottier du Prince, j'espère avoir l'appui des royalistes... Alors je vois un visage qui devient de bois, et le pauvre homme... auquel je ne peux pas en vouloir, d'ailleurs... me raconte, en quelques mots émus, à quel point ces Mégottiers de malheur ont été grossiers pour lui au banquet de Bécon-les-Bruyères, et comment ils l'ont empêché de prononcer son discours, en lui hurlant des cris d'animaux et des refrains de beuglant... Et il m'annonce que Monseigneur le Duc d'Aquitaine, ayant définitivement désavoué l'attitude de *La Volonté Franque* en général, et des Mégottiers en particulier... au sujet de l'affaire de Bécon-les-Bruyères, et aussi à propos de leur polémique injurieuse pour le journal *Le Français* et son directeur, *La Volonté Franque* cesse de compter parmi les organes autorisés du royalisme... et que ses candidats peuvent se fouiller... Il ne l'a pas dit comme ça, monsieur de Latude, mais c'est kif-kif... (*A Toto.*) Pourquoi ne m'avais-tu pas raconté ça, dis !...

TOTO. — Parce que il n'y avait encore rien de fait... C'est avant-hier, paraît-il, que le Duc s'est décidé à nous donner tort... D'ailleurs, il lui en cuira !... Ça n'est pas fini !...

PAPA. — Quoi ?...

TOTO. — Ben, le gâchis !... D'abord le Roi est à Bruxelles... Alors Peyrolles va l'y relancer... avec Combescassiou... et Joco... et encore un autre... je ne sais plus lequel ?... Il se prononcera pour nous, sinon on va l'embêter à mort !.. Faudra bien qu'il mette les pouces !...

TITINE. — Pas vrai !... Tu sais bien qu'ils en sont revenus, de Bruxelles... et que l'Duc d'Aquitaine a rien voulu savoir... J'ai lu *La Volonté Franque* de ce matin, moi !... et toi aussi d'ailleurs !...

TOTO, *agacé.* — P'tite peste, va !... (*On apporte le courrier. Papa et Toto reçoivent deux lettres toutes pareilles, d'aspect bizarre. Toto lit la sienne, rougit et sort de la salle à manger. Papa ouvre la lettre, l'examine, la tourne et retourne.*)

MAMAN. — Qu'est-ce que c'est encore ?... Tu as reçu de mauvaises nouvelles ?...

PAPA. — Non !... pas précisément !... Mais je suis convoqué par monsieur Louton, juge d'instruction... Du diable si je sais pourquoi, par exemple !...

MAMAN. — On ne te dit rien qui puisse te faire deviner ?...

PAPA. — Rien du tout !... « *Pour y être entendu, au sujet de l'affaire de la rue Cujas...* » Je ne m'en doute pas, de l'affaire de la rue Cujas !...

MAMAN. — Ce n'est peut-être pas pour toi ?...

PAPA. *Il regarde encore la lettre.* — Oh ! si !... monsieur Alfred du Breuil... S'il n'y avait pas Alfred, je pourrais croire... mais avec Alfred... C'est bien pour moi !...

TITINE. *Elle regarde la lettre.* — Du Breuil en deux mots !... Ça doit être Toto qui a donné l'adresse !...

PAPA. — Toto ?... (*Perplexe.*) Quel rapport pourrait avoir Toto avec l'affaire de la rue Cujas ?...

TITINE. — J' me l' demande ?...

PAPA. — Moi, je suis sûr qu'il n'en peut avoir aucun... (*Bonne-maman jette à papa un regard de sympathique mépris.*)

L'AFFAIRE DE LA RUE CUJAS

Extraits des Journaux du Mercredi 18 Juillet.

Extrait de LA VOLONTÉ FRANQUE :

LE COMPLOT
GOUNION-LEBERTHIER

L'affaire de « LA DAME BLANCHE »
DEVANT LA COUR D'ASSISES

L'ACQUITTEMENT

---

*Le Jury de la Seine condamne le
traquenard immonde.*

« Aux ovations enthousiastes d'une salle
bondée, le Jury parisien a acquitté hier, à

l'unanimité, nos chers amis Fernand de
Montsoreau et Anatole du Breuil, prévenus
dans l'ignoble et affreuse affaire dite des
larcins de « *La Dame Blanche* », que fabri-
quèrent de toutes pièces les agents de la Sû-
reté, la maison Leberthier, et les apprentis
bureaucrates de l'Association républicaine.

» Il n'a pas été intimidé par l'habileté
de l'avocat général Chanfrein qui, jugeant
le complot avorté, ne demandait qu'une pu-
nition légère, ni par l'éloquence des maîtres
Bagasse et Rachel Pise. Il ne s'est pas davantage laissé toucher par l'immonde battage, tenté en janvier dernier par d'ignobles
papiers, qui n'ont de la Presse qu'une trom-
peuse apparence. Il a flairé ce que l'un des
avocats a si spirituellement appelé un « procès de jours gras », abject et ridicule. Il a
reniflé le complot et l'a éventé.

» Une bande honnie avait dressé au milieu de notre chemin cette abomination
dont elle attendait la fin d'un groupement
qui la fait trembler. Le Jury de la Seine a
fait table rase de tout ce travail. Il a lavé la

boue. Ce n'est pas d'aujourd'hui qu'il nous offre un motif de le glorifier de sa clarté de vision et de sa perspicacité.

» Renvoyés indemnes par les Jurés, Fernand de Montsoreau et Anatole du Breuil l'ont été pareillement par le tribunal. Pressés par maître Bagasse de leur colloquer un minime « dommages intérêts », les magistrats s'y sont formellement refusés, résolus d'indiquer que nos chers amis n'avaient à leur charge aucun délit ayant pu matériellement nuire à monsieur Mardochée. La Justice et la Vérité sont également satisfaites.

» Le policier Gounion et la maison Leberthier ayant pour complice le juif Mardochée, plus connu au Quartier sous le nom pittoresque de « Père La Dèche », ont accusé de vol qualifié commis la nuit dans une maison habitée, avec complicité, nos vaillants amis Fernand de Montsoreau et Anatole du Breuil.

» Le policier et l'homme de la maison

close ne pardonnaient pas à nos braves compagnons d'être des Mégottiers du Prince. Ils ont résolu de leur faire payer cher la gloire acquise au service du Roi. Et, certes, si douloureux qu'aient été les horions reçus pour la défense de la bonne cause, au premier rang de combat où la place de ces deux vaillants fut toujours marquée, jamais ils n'éprouvèrent pareille souffrance, jamais ils ne gravirent de calvaire pareil à celui qu'ils viennent de gravir.

» Sarah Mardochée, plus connue au Quartier sous le nom d'Olympe, et sa compagne de débauche, Marcelle Timon, avaient fait la connaissance de nos amis. Ce sont elles, c'est Sarah surtout — dite Olympe — qui déroba à son père, avec l'aide de la fille Julie Cassou, domestique au service de Mardochée, divers objets de brocante, un petit canapé Louis XVI, une armure à tonne ayant, disait-on, appartenu au beau Dunois, et quelques menus objets sans valeur tels que éventails, boîtes anciennes, etc... etc...

» Jamais Fernand de Montsoreau, ni

Anatole du Breuil, ne soupçonnèrent que les objets qu'ils aidaient à emporter de chez le « Père La Dèche » n'étaient pas des robes ou des effets appartenant aux deux jeunes filles. Et Olympe ayant effectivement donné — ainsi que le constate l'accusation — l'armure du beau Dunois à Anatole du Breuil, celui-ci la revendit vingt francs à un brocanteur du boulevard de Clichy. Ce n'était donc pas un objet précieux ainsi que d'infectes canailles ont cherché, bien inutilement d'ailleurs, à l'insinuer.

» La mère de Fernand de Montsoreau, une bonne et vaillante Française, une Bretonne qui eût chouanné au temps de la Vendée, est venue tout en larmes dire aux Jurés, et sa surprise et sa terreur de voir accusé ce fils qui n'a jamais failli à l'honneur.

» Et le respectable monsieur du Breuil, père d'Anatole, n'a pas caché son indignation contre les misérables qui ont accusé de tels actes son fils adoré. Le pauvre père a prouvé d'ailleurs, de la façon la plus péremptoire et la plus formelle, que, la nuit du vol, son fils avait un alibi que la délicatesse l'empêchait de faire nettement connaître, un alibi du très grand monde et très charmant... »

Extrait de LA FOUDRE

Mardi 14 avril 1925.

L'AFFAIRE DE « LA DAME BLANCHE »

« Cinq prévenus pour un lot de « vieux habits vieux galons » !

» Détournement frauduleux d'objets mobiliers, la nuit, en réunion dans une maison habitée avec la complicité d'une salariée. » Telle est la cocasse accusation qui amène en Cour d'assises deux gamins de dix-huit ans et deux « demoiselles » majeures.

» C'est l'affaire de « La Dame Blanche ». Elle date de six mois et on la croyait enterrée, d'autant plus que le volé, le célèbre « Père Ladèche », providence des gosses peu argenteux, avait retiré sa plainte.

» Les deux petits ont été acquittés. Et la vérité est qu'il n'y avait pas de quoi fouetter un chat dans cette affaire. Si les prévenus n'eussent pas été de l'opposition, jamais elle n'eût été appelée, ni même instruite.

» Un bon type, le père de l'un des prévenus, fier de son fils et de l'alibi, — une bonne fortune mondaine ultra-chic — qu'il a cru pouvoir invoquer pour le défendre. Alibi bien inutile, puisque le gamin avait tout avoué à M. Louton, l'aimable juge d'instruction... »

De l'AUBE.

UNE RÉUNION PUBLIQUE.

A LA COUR D'ASSISES.

« Nous nous sommes amusés tout notre saoûl à la Cour d'assises où comparais-

saient, pour complicité de vol qualifié, la
nuit, deux petits « Mégottiers du Prince »
appartenant à deux des meilleures familles
royalistes. Messieurs Fernand de Montsoreau — ô Bussy, où es-tu ?... — et Anatole du Breuil se sont gentiment défendus
d'être des escarpes. Ils ont connu deux petites femmes — la chair est faible !... — qui
les ont incités à dévaliser leurs bons parents, ou, du moins, le père de l'une d'elles.
Et, comme ce père était un Juif, ils
ont joyeusement accepté, jugeant que c'é-
tait « de la doublement belle ouvrage ».

» Malheureusement ce père — le célèbre
Père-la-Dèche si connu au Quartier — a
poussé des cris de putois, avant de savoir
que les mains qui le dévalisaient si preste-
ment appartenaient à sa fille chérie.

» A signaler le papa du jeune prévenu
Anatole, plus connu sous le nom de *Toto*.
Ce père est la poire la plus extraordinaire
qu'il nous ait été donné de rencontrer. Il
est venu, d'un air mystérieux, expliquer
que son fils, cette nuit-là, pouvait justifier

d'un alibi. Il était chez une dame !... une très grande dame !...

» Or, renseignement pris, la grande dame était tout bonnement Olympe, la fille du père Mardochée. Elle écrivait au jeune homme sur du papier timbré d'un O et d'une couronne ducale, lequel O signifiait, non pas Olympe, mais Odette, et avait été trouvé, par la demoiselle de la brocante, dans une commode de laque de Coromandel, vendue à son père par la Duchesse de J., cousine germaine du prévenu Montsoreau.

» Et voilà comme on écrit l'histoire !... »

FIN

Le lecteur pourra retrouver et suivre les personnages de ce livre dans le roman intitulé « le Grand Coup ».

TABLE DES MATIÈRES

E. GREVIN — IMPRIMERIE DE LAGNY — 2-1926.